現代女性作家読本 ⑲

山本文緒

FUMIO YAMAMOTO

現代女性作家読本刊行会　編

鼎書房

はじめに

本現代女性作家読本シリーズは、二〇〇一年に中国で刊行された『中日女作家新作大系』（中国文聯出版）全二〇巻の日本方陣に収められた十人の作家を対象とした第一期全十巻を受けて、小社刊行の『現代女性作家研究事典』に収められた作家を中心に、随時、要望の多い作家を取り上げて、とりあえずは第二期十巻として、刊行していこうとするものです。

しかし、二十一世紀を迎えてから既に十年が経過し、文学の質も文学をめぐる状況も大きく変化しました。それを受けて、第一期とはやや内容を変え、対象を純文学に限ることをなくし、幅広いスタンスで編集していこうと思っております。また、第一期においては、『中日女作家新作大系』日本方陣の日本側編集委員を務められた五人の先生方に編者になっていただき、そこに付された解説を総論として再録するかたちのスタイルをとりましたが、今期からは、ことさら編者を立てることも総論を置くこともせずに、各論を対等に数多く並べることにいたし、また、より若手の研究者にも沢山参加して貰うことで、柔軟な発想で、新しい状況に対応していけたらと考えています。

既刊第一期の十巻同様、多くの読者が得られることで、文学研究、あるいは文学そのものの存続のための一助となれることを祈っております。

現代女性作家読本刊行会

目次

目　次

＊

山本文緒

〈だけど、共感はしなかった。〉――「パイナップルの彼方」の女たち――鈴木愛理

〈パイナップルの彼方〉は、山本文緒が少女小説から一般向けの小説に転向した一作目の作品である。だからというわけではないが、この作品は、女たちが少女でいられなくなる物語でもある。

主人公は父親のコネで入った信用金庫に勤める深文・二十三歳。短大のときからの友人・なつ美は、〈なんとかハウジングのコマーシャルみたいな家庭をつくる〉ためには〈並みのサラリーマンを捕まえたんじゃだめ〉と言い、〈すごくかっこよくて、慶応出てて、世田谷に大っきい家〉があって次男、という〈獲物〉を捕まえる。しかし彼は傍から見ると〈年をとったヤギのよう〉なおじさんであり、なつ美のおなかにはすでに子どもがいる。彼女は異性としての夫と、の関係には希望を抱かず、家庭や母性のために結婚・出産するのであり、母となることで自分の思い通りに愛せる存在を手に入れようとして失敗する女であると言えるだろう。

深文のもうひとりの友人・月子は、三人の中で最もキャリア志向の女であるが、仕事が続かない。仕事だけでなく男も続かない。理想主義の彼女はどんな仕事に就いても、〈人間関係がうまくいかない〉など、なにかしらクレームをつけてやめてしまう。男の方も、逃げられそうになると彼女から切り捨てる。理想を妥協しない真面目さとプライドが仇となって、現実を否定し逃避し続けることから抜け出せなくなっているのである。

一方深文は、家庭にも仕事にも男にも夢をもたない。家庭的幸福を押しつける母や姉を否定し、仕事にも生き

がいを求めない。妻や母になるために男を必要ともしなければ、理想の恋人を追い求めてもいない。〈誰にも保護されていない。誰にも迷惑をかけていない。誰も私に、ああしろこうしろとは言わない〉現状を幸せとし、自己充足している深文は〈どうして月子は逃げようとするのだろう。こんな自由な毎日を、どうしてなつ美は手放してしまうのだろう。〉と不思議に思い、彼女たちが〈何故そこまで他人に従属したいのか〉まったく理解できない。

また深文の職場では、先輩のサユリさんと後輩の日比野が、表面的には仕事で、裏では男からの評価で格付けし合っている。高卒で三十のサユリさんは、短大卒の深文や四大卒の日比野に上司としても女としても負けないよう躍起である。完璧主義の彼女は、仕事をこなしながら男性社員に甲斐甲斐しくお茶を淹れ、家では〈サラダもシチューもパンも手作り〉する、男を立てる家庭的な女性という〈自分で作った女性像を、彼女はまったく妥協せずに演じて〉いる。それに真っ向から参戦する日比野は、若さを武器に男に科をつくり媚びを売ることを厭わない。深文は表ではどちらにも応戦するが、裏ではいずれにも手を貸さず、高みの見物をしている。それに気づかない両者は、深文に親近感をもち心を許し、次第に優越感をもって接していく。女っぽさにも女の子らしさにも無関心な深文は、女としての価値を争うことに心血を注ぐ二人に興味本位でつき合うだけで共感はしない。

そんな友人にも先輩後輩にも共感しない深文が仲間だと感じるのは、妻子もちで浮気癖のある岡崎である。道徳観も恐いものもないかのように装う孤独を分かち合うように惹かれ合うが、深文はサユリさんや日比野が抱かれたい男である岡崎に抱かれることを拒否する。それは女の争いに巻き込まれたくない、あるいは二人が抱かれたがっている男にあえて躰を許さないことで優越感を得たいこともあったろうが、やはり彼が仲間だからだろう。

深文は恐いものだらけの人間である。非道徳的な行動もあくまで〈事務所の人や親にバレなければ〉である。愛されたい、嫌われたくないと思いながら、目立つことをすると虐げられるという経験則から自分を曝け出せない。愛されないこと、嫌われることへの恐怖心から〈つらい気持ち〉を打ち明け〈みっともない自分〉を知られることを極度に恐れるが、愛情の檻の住人だった彼女は自分のすべてを受け入れてくれる愛に飢え、ありのままの自分を抑圧するようになる。彼女がアルバイトで描く男性誌用の裸の女が〈いやらしくてよい〉のは、そこに彼女が抑圧しているものが露呈するからだろう。彼女はそのことに無自覚だが、〈一生やめないだろうという確信〉をもつほど絵を描くことに没頭しているのは、そこに解放される自分があるからだ。深文の中の愛されたい自分が露見したその絵を、身内では恋人の天堂だけが見ており、その上で彼は深文になにも求めず、そのままの深文を求め、母性的な愛情を注ぐが、自由至上主義を旨とし、愛情を檻とみなす深文はそれを受け入れられない。

　言葉も態度も〈心をこめなければいい〉とし、人を騙してうまく世間を渡ってきた深文は、他人への節度を失っている。自分の自由を尊び他者の価値観への想像力を欠如した彼女は、他者に狭量である。友人のハレの日に披露宴の陳腐さと料理のまずさに落胆する女である。他者への非寛容さは、認めたくない羨望の表れでもあるが、救いようがないほど他者を嫌悪するようになっている彼女がそのことに気づくことはない。彼女は他者を嫌悪する自分を隠し通せると過信し、自分は愛さずとも愛されると自負していることにさえ無自覚だ。もちろん隠し通せるはずはなく、なつ美や月子は深文と距離を取るようになり、サユリさんと日比野は逆襲を始める。深文が味方でないどころかまったく相手にされていなかったことに気づいたサユリさんと日比野は、天堂の予言通りしっぺ返しをする。また天堂も、〈お前って、難しい〉〈俺には、よく分んないよ〉と匙を投げ、他の女と寝てしまう。

　深文の周りの人たちが彼女に弱みを見せてきたのは彼女への好意と信頼からであり、彼女は〈どいつもこいつも、片っ端から殴り倒してやりたい〉と思うが、殴るまでもなく彼女は孤独に追い込まれる。共感も競争もしないことは、相手を圧倒的に孤独にするからだ。弱さを見せないことが相手に愛していない、無関心であると伝えることを知らない深文は、愛されなくなり、突き放され憎まれることになるが、彼女は自分のせいだとは思わない。サユリさんや日比野に罵倒されても、ぴんとこない。病気になって自己嫌悪していることは認めるが、病気という〈夢のような、けれど自己嫌悪をいうジャムがたっぷり塗られたパン〉を受け取ることは躊躇する。そのパンを受け取ることは、自分が嫌悪してきた者と同じになること、これまで必死にもちこたえてきた自分が破綻してしまうことだからだ。愛情の檻に帰ることはプライドが許さないので、帰ってたまるかと強がるのである。

それでも深文は〈母親に連絡をしようと電話を手元に引き寄せたところ〉で天堂を思い出す。彼女は、天堂を好きだったこと、会いたいと思ったこと、そばにいて欲しいこと、その確かさを自認する。深文は〈どうしても天堂が他の女を抱いたことを忘れることができない〉くらい愛しているのだ。

そして、自由の象徴のような、ハワイから月子が送ってきた十個ものパイナップルを結局、食べられずに捨てる深文は、〈ひとりきりの自分〉より〈保護されることを望んでいた自分〉に気づくが、それはまだ認められない。〈もういやなの。会社も結婚も親も、なんにもないところ〉に行こうとしても行けなくて初めて、誕生日に〈無意識のうちに何かを期待していた自分〉や〈世の中を斜に構えてながめているくせに、テレビドラマのようなハッピーエンドを求めている自分〉を認める。

裸体の女に昇華されていた自分を言語化するようになった深文は、泣かないようにしていたことを月子に告白し、天堂とよく喧嘩をするようになる。深文にとって愛情は檻ではなくなった。しかし家庭を放棄したなつ美は帰ってこない。〈生きている人間が、天国に住むのはつらい〉のに。深文は〈いつかまた、天国へ逃げたいと思う日が〉来て〈同じことで躓き、同じことで嘆く〉のは面倒と感じるが、問題は先延ばしのままだ――この作品に登場する女たちは皆、少女でいられなくなってなお少女じみていると言わざるをえない。

（弘前大学講師）

『ブルーもしくはブルー』——もうひとりの「私」とは何者か——

稲垣裕子

本書「ブルーもしくはブルー」には蒼子Aと蒼子Bという、同一人物かと思われる女性二人が登場する。あたかも蒼子Bはユングの提唱する「影」であるかのように描かれ、一見ドッペルゲンガーのようでもある。ユングによれば「影＝シャドウ」という概念は、人が社会に適応して生活するために、善人の「仮面＝ペルソナ」を被りながら日常を送っていることを指す。その過程で「認めたくない」と感じた自分の側面、すなわち性格の消極的な傾向や善人のペルソナとは両立しがたい傾向などは、自分の意識から切り離され、存在しなかったことになる。しかし、それらの「切り離された自分」は、無意識の中に依然と存在し続ける。やがて、その「自分」は無意識への抑圧が限界に達したとき、堰を切ったように溢れ出し、私たちに強く働きかけ始めることなのである。

蒼子Aは〈広告代理店に勤める都会的でスマートな佐々木〉と結婚して六年目だが〈少年ぽさが抜けない〉年下の恋人牧原がいる。いつしか彼女は、牧原が〈甘ったれで卑屈な男に見えてきてしまった〉のをきっかけに、サイパン旅行の最中に別れ話を切り出した。その帰りの飛行機で、二人は台風のため福岡空港に降り立つことになる。福岡は蒼子Aが〈かつて結婚も考えた恋人〉河見の故郷でもあり、彼女は感傷的な思いから博多に独り一泊することに決めた。その街で偶然〈一生会えないと思っていた〉河見と〈彼の隣を歩いていた連れの女性〉を見かけることになる。ちらりと見えたその女性は、蒼子Aにそっくりで〈締めつけられるような不安と、河見が私に似た女性を選んだという複雑な喜び〉に戸惑いながらも、思わず彼女は彼らの姿を追いかけてしまった。ようやく蒼子Aがその女性の顔を正面から見据えたとき〈金縛りにあったように動けな〉くなったのは、自分と彼女＝蒼子Bが〈似ているなんてものではない〉〈目の前にいる人間は、私とまるで同じ〉で〈髪質も、肌も、爪も、声も〉〈何から何まで同じ〉だったからだ。

蒼子A自身〈分身っていうのかなあ。ひとりの人間から影みたいにもうひとりの人間が分かれて、どこか別の場所に生きてることがあるんだって〉と、ドッペルゲンガーの可能性を疑っている。蒼子Bも〈ドッペルゲンガーがひとりの人間の影だとすると、自分はあの人の影なのだろうか。影は本体が存在しなければ存在しない〉と考え、幼いころの記憶や誰もが知るはずの有名な事件などが、蒼子Aに比べて希薄なことから〈たぶん自分が影なのだ〉と〈認めざるを得ない〉状況にいる。このようなドッペルゲンガー現象は、よく知られているように、古来から「離魂病」「影の病」と呼ばれ、中国の六朝時代に描かれたという怪奇小説『捜神後記』や、江戸時代の奇談集『奥州波奈志』などにも取り上げられている。「離魂病」とは文字通り魂が身体から離れる状態をいい、生霊のように語られることもある。たとえば『源氏物語』の「夕顔」には六条御息所が生霊として現れるし、和泉式部の「物思へば沢の蛍も我が身よりあくがれ出づるたまかとぞ見る」という歌にも「離魂」という状態が、平安時代にも広く認識されていたことが窺える。

さらに『捜神後記』には「夫の影」や「離魂病」という話があり、岡本綺堂によっても翻案されている（『中国怪奇小説集』94・4）。「夫の影」は、妻が〈夜唯ひとりで坐っていると、たちまち自分のそばに夫の立っているのを見た。彼は無言で溜め息をついて〉おり、妻が呼びかけても答えない。実は、夫は夜中に誅されており、翌朝その知らせを妻は聞くことになる。また「離魂病」では〈夜があけて妻が起きて出た後に、夫もまた起きて出た〉のだが、いつの間にか再び布団の中で夫が眠っている。その報告を聞いた夫が不思議に思い、自宅に戻ると、確かに〈寝床の上には自分と寸分違わない男が安らかに眠っている〉のである。寝ている自分によく似た男に近づいた夫が、その男を撫でさすっているうちに、男は不意に姿を消してしまった。その後、夫は病気になり〈物の理屈も判らないようなぼんやりした人間になった〉という。

くわえて『奥州波奈志』では、ある男が自分の部屋の机に向かっている男の後ろ姿を見る。着物も髪型までも自分に瓜ふたつだったので、男が怪しみながら近づくと、相手は開いていた障子から縁先に走り去り、その姿を見失ってしまった。その話を男の母親にすると、母親は何も言わずただ眉を顰めるばかりだった。それから間もなく、男は病気になり亡くなった。実は、その男の家計は三代に渡り、当主が自分の姿を見ると病を発し、亡くなっていたという。そのほか、例を挙げれば枚挙にいとまがないが、近代小説では森鷗外の「分身」、泉鏡花の「星明り」、芥川龍之介の「二つの手紙」、梶井基次郎の「Kの昇天」など、いずれもドッペルゲンガー、すなわちもう一人の自分を主題とした作品が多数ある。もちろん、本書「ブルーもしくはブルー」も、精神医学的な観点から自己像幻視＝ドッペルゲンガーとして分析することは可能だが、そこに読解の妙味は感じがたいだろう。むしろ、赤川次郎のように〈突然二人になった「私」に、読者は自分の心の闇を覗く恐怖を覚えるだろう。ホラーより怖いファンタジーである〉という帯の言葉にこそ、読解の鍵があるのではないか。

ドッペルゲンガーを見られるときがあるとすれば、死に瀕した場合だという。〈退屈で孤独だった毎日〉〈空虚で長い人生よりも、濃縮された時を生きる方がまだましに感じ〉る蒼子Aも、〈胸の奥にしまってあった憂鬱が、次第に重くなってくる〉自分の〈人生は、もう先が見えていた〉という蒼子Bも、実は象徴的な意味で、死に瀕していたと考えられる。おそらく、自分は本当にこのままでよいのか、自分とは一体何者なのか、という根源的な自己実現に繋がる疑問と、「蒼子」という人間の中で生きられなかったもう一つの可能性が、二人の「蒼子」を生みだしてしまったのである。そのような膠着状態を打破するために、蒼子Aは一ケ月だけ〈私達、入れ替わって暮らしてみない?〉という提案を蒼子Bに持ちかける。ところが、蒼子Bは蒼子Aが最初から〈ひとりの人間として見ていなかったことを実感し〉〈いいように蒼子を利用したいから〉だと直感していたため、〈彼女の言いなりになるのは御免だ〉〈できる限り彼女の裏をかいてやろう〉と決心していた。確かに、蒼子Aは蒼子Bを〈自分の分身だから、私が嫌がるようなことは、承知でいてくれると思い込〉み、〈私が私の利益を考えるように、彼女も彼女自身の利益を考える〉が〈それは必ず一致するとは限らない〉〈彼女は、私ではないのだ〉ということに、なかなか気づけない。ユングによれば、この状態は他者への「投影」とも受け取られる。抑圧しきれなくなった「影＝シャドウ」は、無意識に自分ではなく、他者のものとして映し出されてしまう。やがて、その相手に映し出された自分のシャドウは、自分そのものの存在を脅かすのではないか、という危機感を彼女たちにもたらし始めるのだ。その危機感こそが相手を〈嫌いだ〉〈許せない〉という抗いがたい強い感情となって本書には表出される。蒼子Aも蒼子Bも、受け入れられない自分を相手に「投影」し、ひいては互いに殺意を抱くまでになる。

蒼子Aが〈私はどこか歪んだ世界に迷いこんでしまったのかもしれない〉と思うように、彼女たちの世界は一見パラレルワールドのようである。しかし、別世界が存在しているわけではない以上、彼女たちは同次元の世界で、抑圧された私を受容し、それぞれ異なる人間として生きて行くほかない。その過程で、蒼子Aは佐々木と別居して新たに裁縫工場で仕事を始め、蒼子Bは河見と離婚するために一人暮らしを始めるという変容が起こるのだ。つまり「ブルーもしくはブルー」とは、あなたが私に見る嫌悪は、内なる私自身だということを象徴しているといえよう。

（大阪府立大学客員研究員）

『きっと君は泣く』――物語に仕組まれた罠――

石田仁志

小説を読むという行為を遂行する際、読者は作中人物と否応なく向き合わざるを得ない。そして、登場する作中人物に好悪の感情を抱き、そこから時には読者と作中人物との一体化という心的現象が生れ、時には興味を抱けずに読書行為自体を放棄するにいたる。当たり前のことだが、山本文緒はそこに一種の罠を仕掛けるのがうまい作家である。この『きっと君は泣く』（初出時の原題は『きっと、君は泣く』カッパ・ノベルス、93・7、角川文庫版97・7で改題）の主人公である桐島椿は罠を仕込まれた作中人物の典型ではないだろうか。

椿は幼いころから可愛いと人に言われ、〈私は自分の容姿を、才能だと思っている。能力だと信じている〉とまで自分の美貌を自負し、それでも満足せずに〈自分の顔に百点満点をつけ〉るために美容整形した二十三歳の女性である。中学時代から同性にはつんつんするくせに男の子には猫なで声で甘えるために、〈友達ひとりいない嫌われ者〉で〈平気な顔して男の人と付き合う〉〈デリカシーのない年中発情期の馬鹿女〉とまで中学時代の同窓生の魚住から言われ、ほかにも〈ババア〉〈メスブタ〉〈サセコ〉〈淫乱〉〈尻軽〉……作中で他の作中人物達から浴びせかけられる罵声は数限りなく、かつ容赦がない。ここまで徹底して同性に嫌われるヒロインを山本はあえて読者に突きつけてきている。ただ、美貌への憧れは誰しも持っているだろうから、椿の執着を頭から否定できる読者はいない。それが山本の仕組んだ最初の罠である。しかしここまで美貌を鼻にかけて異性に好かれることだけに腐心する女性へと自己同化はできないだろう。そして主人公に同化できないままこの小説を読み進める〈そう仕組まれた〉読者は、自分自身の中に〈椿〉を棲みつかせるしかないのであり、〈椿〉とは読者自身の醜悪さの象徴となる。そしてこの〈馬鹿女〉の末路がどうなるのか、自分自身の醜悪さにどう向き合うのか、そこに物語の興味は集約される。タイトルは〈君〉＝読者に、この物語に涙することを求め、〈ほんとうに美しい心ってなんだろう？　清々しく心洗われる、〝あなた〟の魂の物語〉（角川文庫版の裏表紙リードの言葉）と、椿の物語を通じて自身の醜悪さが浄化されるのだと誘っている。こうして読者はさらに深く周到に仕組まれた罠にはまり込むしかないのである。愚かしいほどの美貌への執着は消え、傲慢であった過去が許され、異性との愛情が確認されるという結末を予想するほど山本文緒作品の読者は単純ではないだろうが、それでも〈心洗われ〉たと思った読者は最後の罠に仕込まれた毒を飲み込まされることになる。

　椿の美貌への執着を堅固なものに仕立てたのは祖母の牡丹である。椿は祖母の、周囲から変人扱いされながらも全く意に介せず、他人に弱みや隙を見せない冷たいほどの美しさに〈私は、祖母のように美しくなれる〉と憧れ、祖母は若い頃から一人の男性の妾として愛され、結婚という形にこだわらず、お花の先生として自立した人生を送ってきたと信じ込んできた。しかし、実際の祖母は全く異なり、夫に捨てられても離婚を拒み、〈かなり大きい額のお金を毎月要求〉したうえで相手の女性の家族を脅し、自分の娘を愛することも忘れ、男遊びを繰り返した。美しくさえあれば愛されるという思い込みに〈真黒にむしばまれた〉女性だったのである。母親から椿はそんな祖母と〈気性も顔も〉そっくりだと言われ、捨てられる。椿の母親の名前が作中に出てこないのは、彼女がそんな〈馬鹿女〉たちに復讐する読者達の身代わりでもあるからであろう。しかし、ではその母親は〈解放された〉のか？　椿を見下ろして祖母を看取れと言いつける彼女が最後に手にしたものは、祖母の元恋人で自分が寝取った男でありながら、浮気を繰り返し、挙句の果てに借金を抱えて、劇症肝炎で倒れ、今は植物状態になって〈もう私なしには何もできない〉夫だけである。これが〈解放〉であるとしたら、彼女は常に祖母や娘が誇示する美貌に抑圧され支配されて、自分を愛してくれない夫に振り回されてきた立場から、病人という弱者を手にすることで支配する側へと立つことができた状態に自足しているだけである。そんな母親を〈生き生きと背筋を伸ばす母〉だと椿は捉える。しかし、読者までもそう思い込んだとしたら山本の思う壺である。寝たきりの夫とは自分を捨てた父親の代償に過ぎず、この母親もまた男に愛されることに執着する女の姿にほかならない。〈生き生きと〉しているかのように見せているのは山本の仕組んだ罠である。その母親の姿は最後でそのまま椿の姿に重なる。椿もまた父親から愛されることなく、あろうことか父親は児童ポルノの対象として娘の裸体写真まで売っていたというのだから凄まじい。祖母の復讐心によって作り上げられた椿は、祖母にとっては醜い実の娘の〝美しい〟代替物にすぎないことも知らず、〈お前みたいな何もできない人間は、ひとりじゃ生きていけないんだ。地味でもちゃんと家庭を持ったほうがいい〉という呪いにも似た言葉を背負わされて、男たちに結婚を迫る。そして椿が最後に得たものも、HIV陽性患者の男であったわけで、祖母の復讐から始まった母娘の三代にわたる男への執着物語は揃って病気で弱った男を手に入れて喜ぶ（？）母娘の姿を描き出して終わるのである。

病人に対するケアという視点から見た場合、母親も椿もケア行為者であり、ケア対象者との非対称的な関係は明白である。しかし、では父親や群贅は彼女達にケアされることを望んでいるのだろうか。父親は自分の意思を表明できないが、群贅は少なくとも「殺してやりたかった」と口走り、HIVを感染させるために車内で椿をレイプしているわけで、望んでいるとは言えない。この小説が発表される前年の一九九二年は夫や恋人との性行為を通じて一般女性への感染拡大が女性週刊誌を賑わわせた年であり〈輸入製剤によるHIV感染問題調査研究会発行『輸入製剤によるＨＩＶ感染問題調査研究　第一次報告書』03・6所収、種田博之「第十二章補論　雑誌記事見出しで見るエイズ認識」より）、文庫化前年の一九九六年は薬害エイズ患者への和解が成立した年で、ＨＩＶ患者へのケア問題を盛り込んだこの小説はそうした社会の話題と明らかに結び付けられている。その話題性の中でこの小説を読んだとき、医師との結婚を自ら棒に振って、ＨＩＶ陽性患者の男の屈折した愛情を受け止めようとしているかのような椿の選択は、まるで聖母のようにも見える。しかしそれは見せかけに過ぎず、自分との結婚を選んでくれるか、ＨＩＶ陽性だと嘘をついて中原を試す椿にとって、本当は〈愛していない〉群贅のケアは彼の心を弄んだことへの罪滅ぼしにも似た自己満足的なものでしかないのではないだろうか。母親と椿とが最後に選択したケア行為者という立場を「母性」だと勘違いしてはいけない。そう思わせるのが、山本の読者への最後の罠であろう。よく読めば、中原が椿にプロポーズするのも、自分の父親が心筋梗塞で倒れて実家に帰るからで、介護は他の人に頼むという彼の言葉は取り繕いにしか聞こえない。どちらを選んでも椿にはケア行為者の立場しか与えられない。ラストで魚住が「誰も助けちゃくれないわ」と言うのは、偽りの選択をした椿に対する断罪の言葉であるだけではなく、こんな主人公に寄り添うようにして読んでしまった読者への忠告でもある。

但し、その言葉が自身にも帰ってくるものであることをこの作家は知らなければならない。椿がＨＩＶ陽性だからという理由でプロポーズの言葉を帳消しにする中原の判断が正しかったかのような終わり方は、男だったらケアされるのに、女だと自己責任だと断罪する、男性中心の日本社会の堅牢なジェンダー規範の中にこの物語を回収させ、それを補強してしまう。美談であるかのようにケア行為者という立場を引き受けていくこの物語の最後の罠に仕込まれた毒は読者だけではなく、作者自身をも殺しかねない。〈心洗われる〝あなた〟の魂の物語〉は実は猛毒である。〈歩き続ければ、いつかは暖かい所にたどり着ける〉と信じたい。

（東洋大学教授）

『あなたには帰る家がある』――帰る場所としての〈家〉――

恒川茂樹

『あなたには帰る家がある』は、一九九四年八月に集英社から単行本が出され、一九九八年一月に集英社文庫として刊行された。その後二〇一三年一月には角川文庫としても出版されている。二〇一四年現在、書籍として流通しているものとしてはこの文庫二種である。角川文庫収録「二十年後のあとがき」に〈二次文庫として新装丁して頂くにあたり、数年ぶりに読み返し手を加えました。といっても、表現と語尾を少しと、ポケットベルを携帯電話に変えたくらいで物語自体は改稿していません。〉という記述にあるとおり、文庫の各バリエーションにはほとんど違いは見られない。流通の側面からいえば、夏目漱石や太宰治などのいわゆる名作ものを例外として、現代作家の同じタイトル／内容の作品が、同時並行的に複数の文庫レーベルに収録されて出版されているという状況は極めて珍しく、それだけ新規読者の多い作品だとも言える。また、二〇〇三年十二月には単発ドラマとしてフジテレビ系列で放映されている。

ハウジング会社の営業マンとして働く斉藤秀明は、妻で専業主婦の真弓が家事と子育てをないがしろにしていることに愛想をつかし、客として住宅展示場にやってきた茄子田太郎の妻、綾子と不倫の関係に陥る。一方で真弓は自身が〈自分の生活のことしか見えていない専業主婦たちの中で一生を送っていくことに恐怖を覚え、保険のセールスレディーとして働くことに決めた。〈一人前だと認めてもらいたい〉という意識の高じた真弓は、秀明とどちらが一家の大黒柱になるか、月給の高低をめぐって勝負することを秀明に願い入れ、月給の低かった方が「主婦（主夫）」になるという条件で対決がスタートする。二人とも茄子田太郎を、勝敗を左右する重要な顧客として抱え込みつつ奮闘するが、最後には秀明の不倫が、真弓・太郎に露見することで暴力沙汰へと発展。秀明は重傷を負ってしまう。結局、真弓がひとりで斉藤家を支え、秀明は「主夫」として家事と育児をこなすことに落ちつくという後日談が描出され物語は閉じる。この作品について関口苑生は《〘仕事〙が重要なテーマ》（集英社文庫収録「解説」）だと指摘しているが、山本文緒自身が本作のタイトルを〈ファミリア〉とつけようとしていた（「月刊カドカワ」97・3）ことから明らかなように、あくまで「家族」あるいは「家庭」というものに焦点をすえて書かれた小説として読むべきだろう。そのことは男性にとっての「家庭」というものがどのように描かれているのかを見てもわかる。秀明は、妻が〈家のことや子供のことを面倒み〉ているのが家庭のあるべき姿だという考えの持ち主であり、また茄子田太郎は〈仲の良い家族達と可愛いペット。これが彼の夢だった。幸福の具体像だ〉と思っている。作品が描かれた一九九四年という時代性を考慮しても、男性たちはかなりステレオタイプで、時代錯誤な家庭像を持っていると言わざるをえない。その一方で女性たちばかりが「家庭」や、あるいは自分の身の振り方というものについて常に思いを巡らせている。これら男女を対比して見れば、ただちに山本文緒が（特に女性にとっての）「家庭」というものに重点をおいて執筆したことが諒解されるのである。本稿では、作品に登場する人々のありかたを検討しつつ、山本文緒にとっての〈家〉とは、どのようなものなのか考えていきたい（なお、本稿での引用は全て角川文庫から行った）。

この作品に登場する、真弓を含む三人の女性たちはそれぞれ違った境遇におかれているが、みな別の職業や身分に移り変わっていき、一所に止まっているということをしない。斉藤真弓は、独身ＯＬから結婚を経て専業主婦へ、そして家庭のある保険外交員へとめまぐるしく転身。秀明の会社の後輩森永佑子は、独身ＯＬから未婚のまま無職へ。茄子田綾子は、願望という形ではあるが、家庭のある専業主婦からの離婚、そして再婚へ、というようにみな一つの境遇からまた別の境遇へ次々と移り変わっていく。独身ＯＬや専業主婦など、それら一つ一つのケースを取り出してみれば、現代の社会において成人女性がキャリアの選択肢として選びうる可能性のある状況が軒並みピックアップされているといっても過言ではない。誰もが齋藤真弓の立場になりうるし、森永佑子にようにもなりうる可能性を持っているのだ。では、はたして彼女たちは幸せに暮らしているのか。その問いに対する答えはまったくのノー、みな一様に不幸なのである。真弓は〈「家庭」は…中略…天国ではなかった〉といい、佑子は〈ちゃんと考えてみたいと思った。そういう（現在の―引用者註）人生を本当に自分が求めているのかどうか〉と悩み、綾子は〈本当の幸せは打算に満ちた生活では得られませんでした〉と振り返る。というように、そのいずれの状況においても彼女たちは満足していないどころかむしろ不幸なのだ。これは裏返せば、現代ではどのようにしても女性は幸福になりにくいということでもある。真弓の独身ＯＬから専業主婦への移行が〈灼熱地獄から極寒地獄へ移っただけ〉と形容されていることがそれを端的に示しているとおり、どちらに転んでも悪い状況に陥ってしまうような、そんな状況が当たり前になっている。三者三様に現状打破を目指したはずの転身だったが、それらはことごとく失敗し、彼女たちはみな挫折の底に沈んでいくことになった。

一方の男性も同様である。秀明は真弓の〈望み通り〉に夢をかなえてやったのに〈何がそんなに気に入らないんだ〉と疑問に思えるほどに不満をまくしたてられる上、真弓が〈ろくに食事も作〉らないから食べるものもおそまつな日々。最初は気晴らしだったはずの不倫も〈ムードぐらい盛り上げないと〉と面倒が先立つようになって最終的に破綻を迎えることになる。浮気をした罪こそ打ち消せないものの、秀明の絶望は深い。茄子田も、もともと周りの人から疎まれるような人間だったが、当人は特にそのことを気に留めるでもないという神経の太い人物だが、それでも秀明・真弓のレースに巻き込まれるようなかたちで振り回された挙げ句、妻が不倫をすることで裏切られ、涙で顔を〈ぐしゃぐしゃ〉にするほどの傷を負ったのだ。

〈あなたには帰る家がある〉――不倫、暴力、夫婦不和。修復不可能かと思われるほどに崩壊していく家庭をめぐる物語のタイトルに、〈帰る家〉が想定されているというのは皮肉である。しかし、不倫が発覚して近所を騒がすほどの暴力事件が起こっても、真弓は離婚もせず、秀明を〈家〉に迎え入れる。では同じくタイトルに〈あなた〉とあるが、これは誰に向けられたものなのか。素直に解せばやはり秀明や綾子に向けられたものだろう。〈家〉は彼らにさえ〈帰る〉べき場所を提供するのである。本当であれば厳しい罰を受けるべき事件の当事者達だ。彼らに向けられた〈帰る家〉という言葉は皮肉であるかもしれないが、一方では救いとしての役割を持つ。山本文緒の作品には『恋愛中毒』（角川書店）を筆頭に、必ず物語中に不倫が登場するのに加え、結婚をテーマとして扱った短編集『紙婚式』（徳間書店）などにおいても手放しで結婚や家庭を賛美しているものはない。一見すると家庭を個人主義的な生きざまに反するようなもの、と低く見ているように感じるがそうではない。かたやその意義を疑われながらも、他方では〈家〉がもつ英気を養う場としての包容力の大きさが描かれる。だから〈あなたには〉なお〈帰る家〉が〈ある〉のである。彼らにとって〈家〉とは挫折から立ち直るために羽を休ませることのできる宿り木のようなものなのだ。主夫秀明を養いながら真弓の稼ぎだけで生活をすることは容易ではないはずだ。〈いろいろなことを我慢し〉なければならないのに、その〈文句の持っていきようが〉ない。しかしいままでの真弓や秀明がそうであったように、状況を悲嘆していても仕方がない。〈本当にできるのだろうか〉という不安もありながらも、彼らはまた、〈家〉から立ち上がっていくのである。

（書店員）

『眠れるラプンツェル』——藪崎麻美

『眠れるラプンツェル』は一九九五年一月に福武書店から刊行され、一九九八年四月に幻冬舎文庫、二〇〇六年六月に角川文庫として刊行された、専業主婦の汐美を主人公とする物語である。

暇と時間を持て余している汐美は、子どもが出来れば楽しいだろうと思っていた。けれど、夫と避妊せずに性交を続けても一向に子どもを授かる気配はない。そこで不妊検査を受けようとするが、夫は協力してくれない。それどころか汐美を抱くことすらなくなってしまった。周囲の人々から子どもの話を振られることをうっとうしく思っていた時、好感を持っていた隣家の少年、ルフィオと親しくなり、やがて恋をしてしまう。

まず、タイトルにある眠りについて考察したい。作品冒頭から汐美は〈昼間の空いたバスに乗ると、私はいつも眠くなる。（中略）昼間外にいると眠い〉と訴えている。また、〈強烈に眠くなる場所〉であるパチンコ屋に向かうなど、汐美が〈眠くなる〉場所を求めている様子が窺える。

汐美は幼いころから満足な睡眠を得ることが出来ない状態にあった。〈明日の朝もちゃんと起きなければならないと思うと、ますます眠れな〉くなる子どもだった。それは結婚し、専業主婦となってからも変わることなく、依然として〈早起きしなければならないと思うと、その前の日は緊張して眠れな〉いし、〈夫がいてもいなくても〉汐美は〈眠れな〉い。

夫は仕事が忙しいため、基本は家にいない。毎月夫から生活費として十五万円が振り込まれ、ローンや水道光熱費は夫の口座から引き落とされる。用があれば電話で済ましてしまうことが多いので、二人の結婚生活において、互いが触れ合うことはほとんどない。

独身時代、働いて疲れても眠れなかった汐美は、働く意欲を持っていない。交流のあるマンションの住民から働くことを勧められるが、それに応じる気配はない。『あなたには帰る家がある』（集英社初刊、98・1）にも登場する、保険のセールスレディとして働く佐藤に採用勧誘を受ける場面でも、仕事はする気がないときっぱりと断っている。

一方で汐美は猫とルフィオの傍では〈眠れる〉ようになる。猫は、汐美の夫が貰ってきたマンション猫であり、ルフィオは汐美が恋心を抱き、後に性交渉を行う相手である。

ここで、〈眠れる〉と共にタイトルに含まれる「ラプンツェル」に着目したい。グリム童話のひとつである「ラプンツェル」について、本作品でも魔女にラプンツェルと名付けられた少女が、階段もドアもない高い塔に閉じ込められて、魔女に塔の下から呼びかけられると、長い髪をたらし、魔女を塔に登らせる場面が引用されている。原典ではその後に魔女とのやりとりを見た通りすがりの王子に見初められた少女が、城から長い髪をたらし、魔女と同じように登ってきた王子と逢瀬を重ね、やがて塔の外に出て行く場面へと続いてゆく。

グリム童話は口承文芸の収集に端を発しているため、一八一二年の初版から改変を繰り返し、その過程で残酷な描写や性的な描写は削除された。「ラプンツェル」に関してもその例外ではない。ラプンツェルと王子の逢瀬が魔女に明らかになってしまう場面について、改変がなされている。初版では魔女との会話で「どうして服がきつくなって着られなくなってしまったのか」と、妊娠が詳らかになるのだが、改変後では、魔女に対して「若様より、引上げるのに骨が折れる」とラプンツェルが漏らしたことにより、王子の存在が露見するように変更されている。

こうしてグリム童話では「性」を取り除かれた「ラプンツェル」であるが、本作品では自身の「性」と懸命に向き合う主人公、汐美の姿が描かれている。

汐美は酒に酔うと男の人と性交渉を持ちたくなるが、それによって快楽を得たことはない。それどころか〈夫としらふでセックスしても気持ちがいいなんて思ったことはな〉く、〈いったい私はどうしたら満たされるのだろう〉と自身の「性」を持て余している。ところが、ルフィオとしらふの状態で性交渉に至った時は〈数えられないほど何度も絶頂を迎え〉ることが出来た。

性的快感を得ただけではない。不妊手術で発情期をなくした飼い猫と自分を重ね〈このまま何もせずじっとこの部屋に閉じこもっていれば、夫は私を決して追い出したりはしない〉と夫から離れないことも示唆していた汐美だが、ルフィオとの性交を経て、最後には夫からも、〈城〉と称したマンションからも、離れるという決断に至る。

つまり、グリム童話「ラプンツェル」でラプンツェルを塔の外に出した王子にあたるのが、本作品ではルフィオということになる。また、汐美に住む場所や金銭を与え、気ままに〈城〉に出入りしていた夫は、いわば魔女のような存在だろう。

ところで、ラプンツェルは王子の子どもを身ごもり、めでたく終わりを迎えているが、汐美はそうはいかない。相手は十三歳なのだ。それでも汐美は絵空事と言いながら、将来ルフィオと子どもをつくることを夢見ている。

当初自分の性欲について〈よく分からなかった〉汐美だったが、後に〈私の中の雌が外に出してくれとおなかの中から私を蹴るのだ〉と、自身が欲情するのは子どもを欲することに一因があると思うようになっていることからも、本作品の「性」を妊娠という言葉を抜きに語ることは出来ないだろう。また、初版の「ラプンツェル」では王子の子どもを授かったがためにラプンツェルは塔の外に出てゆくのであり、本作品が初版で失われた「性」を表出するものだとすれば、汐美が外に出てゆくための条件として、ルフィオ自身の他にその子どもを求めることは不思議なことではない。

夫が王子になれなかったのは、単に汐美と二年近く性交がなかったからというわけではない。子どもを求めていた汐美の「性」を夫が拒絶したからであり、〈女性を妊娠させる能力があると知っていて、避妊もせずに私とセックスしていた〉のだから、子どもが〈できても構わないということなのだ〉と思っていた汐美を裏切ったからである。

本作品には汐美以外にも同じように子づくりに悩んでいる女性や、産み分けした連れ子（ルフィオである）のいる家庭が描かれている。愛する人の子どもを、愛する人と共に育てていく未来を思い描くことが容易くないことは、往々にしてあるのだ。

汐美は〈城〉を離れた後、実家に戻ることとなるが、そこが新たな〈塔〉として汐美を束縛する可能性もある。仕事がうまくいかないかもしれないし、ルフィオの汐美に対する恋心が消えることもあるだろう。別れ際、ルフィオを見て〈私の雌は暴れたりはしなかった〉とあるように、汐美自身も十三歳の男の子と関係を維持し続け、共に暮らし、子どもをつくるまでには至らないことを悟っている。働く意欲を持った汐美と大人になったルフィオに、互いを必要としない未来がやってくることは、必然の帰結なのである。

（近代文学研究者）

『ブラック・ティー』論——李聖傑

山本文緒『ブラック・ティー』は、人間の心底に潜む小さな悪や罪をテーマにした十篇の短篇を収録した作品集である。平成七年三月に角川書店から刊行され、平成九年十二月に同社より文庫化された。松本侑子が文庫本の「解説」のなかで指摘しているように、〈罪といっても、殺人、強盗、脅迫といった大罪〉ではなく、〈誰でもしてしまう小さな罪〉や日常的な〈不道徳な行い〉などとして描かれているほうが印象深い。本稿では、それぞれの小さな罪や悪の分析をとおして、作者の意図を明らかにしてみたい。

まず、第一話の表題作「ブラック・ティー」では、千葉県出身の女性が、電車の網棚に忘れられた荷物を置き引きして、その中から金銭を得るという手段をもって、東京で一人暮らしを維持している。この行為そのものはすでに法律に触れた犯罪になっているが、都会の生活に疲れていて、社会の裏に逃げていくという自暴自棄に陥ってしまった生き方である。第二話「百年の恋」では、彼女は彼氏の立ちションを「軽犯罪」と非難しているが、一方で、彼女自身はキセルをしている。第三話「寿」における玉の輿に乗った花嫁は、結婚式で、嫉妬心をもつ女友達に意地悪をされて、不道徳な行いを夫になる人に暴露される。第四話「ママ・ドント・クライ」に進むと、演歌歌手にはまった母はミーハー活動に参加するために、娘のアルバイトの貯金を盗む。第五話「少女趣味」は、少女漫画を描き続けてきた三十三歳の漫画家の「私」が、六つ年下の夫に家庭内暴力をふるわれるという話である。第六話「誘拐犯」では、学校で毎日のようにいじめを受けている姉を助けるために、主人公の少年は姉をいじめている同級生の家の子猫を盗み、そのペットを殺すつもりはなかったが、うっかりして死なせてしまう。

第七話「夏風邪」は主人公のＯＬと職場の同期との不倫の話である。世間によくある不倫の話ではあるが、〈不倫など、珍しい世の中ではない。独身同士にしか恋愛ができないなんて考えてみればおかしい。人間という感情の生き物は、法律では縛れない。人である限り、家庭があろうがなかろうが、恋をする時はするのだ。〉という文章は読者の心に響くだろう。しかし、「私」は不倫の復讐として故意におたふく風邪を「彼」に移し、生殖機能を壊滅させた。第八話「ニワトリ」における主人公の江戸川晴子は、悪気がないのに約束を破ったり、借りたものを返し忘れたりすることがよくある。「鶏の三足」という諺があるように、自分の過ちを簡単に忘れてしまい、周りに迷惑をかけてばかりではあるが、最後に家族や恋人に許され、受け入れられる。第九話「留守番電話」はやや刺激的であり、元カノにふられた男が理性を裏切り、元恋人の留守番電話を盗聴し、新しい恋の邪魔をするという話である。第十話「水商売」は世の中からはぐれてしまった人間が都会の隅に棲息する実態を描き出したものである。乳母をあてがわれた上、夫の無理解や姑との確執に我慢できない主人公の女は、過去を捨てると決心し子連れで家出をすることになり、新宿のゲイバーでの皿洗いで生計を営んでいる。

以上のように簡単にまとめたが、意図的に悪知恵を働かせているとして捉えられる話もあるが、実は自分の意思をコントロールできず、小さな悪や罪を犯してしまったように見える。作者はこうした小さな罪や悪を描くことによって、社会の隅に住む孤独感、あるいは世間からはぐれてしまった絶望感を表そうとしているのだろう。道徳の面から見ると、世間の法則に違反するだろうが、人間の本能のおもむくままの行為といってもよかろう。たとえば、第六話の敵から姉を守る弟の本能や、第十話の子連れの母親の生きていく本能などがあげられる。本能という言葉はいろいろの意味に使われるが、ここでは主人公の行動の原動力（あるいは精神的エネルギー）に相当する。つまり、外部からの命令ではなく、内部からの欲求であるという性質をもっている。もし一人の人間の精神をひとつの氷山に譬えると、深く根を下ろしている人間の本能の世界は、海面の下に隠れている部分にあたる。また、第四話の母親は申し訳ない気持ちでいっぱいではあるが、娘の江口未来の貯金（近所の農家で野菜の出荷を手伝うアルバイトによる収入）を盗んでしまうことに至った。演歌歌手のウメさまにはまった母はコンサートに着て行くために二十四万円のドレスを父のカードで買った過去があるとしても、親が子のものを盗むというのは完全に理性を失った行為だとしか言えない。第九話の主人公の男もそうである。彼女に突然別れを言われたとき、強い不安が生じた。〈僕は暗証番号を知っているのだ。設定してあげたのは僕なのだから。／暗証番号を入力すれば、誰かが彼女に宛《あ》てたメッセージを聞くことができる。けれどもそれは、彼女が最も嫌う種類の行為だ。／しかし僕の手は、理性を裏切った。〉と書かれているように、男は罪悪感を覚えながらも、相手の留守番電話のメッセージを盗聴してしまうことになる。この二つの例においては、理性によってブレーキをかけられたが、心の中で不快な経験が積み重なっていくと、理性を裏切ってしまったのである。

これは第五話にも通じている。DV加害者の夫は、妻の趣味丸出しのカントリー調の部屋で暮らしながら、見栄や世間体を気にしている。妻に、「仕事をしてもいい」という条件で結婚したのに、そして自分は現在の〈居場所がここにはない〉生活を我慢しているというのに、妻は簡単に「仕事をやめてもいい」などという。これも不快な経験の蓄積であろう。第六話では、主人公の少年は姉と二段ベッドを使って同じ部屋で暮す。姉は中学一年生になってから、毎晩布団の中で泣くようになった。不思議に思った少年は姉の日記帳を盗み読みすることになる。日課になっていた日記を読むという経験は、少年にとっては辛かった。父と母は共働きであり、姉のいじめに全然気付かない。親に告発したら学校の先生と交渉することができるが、姉はもっとひどいいじめに遭うかもしれないと思う少年は、自分の力で姉を守ろうとした。「死にたい」という文字が姉の日記帳に現れると、少年はいじめっ子の小田切紀子というクラスメートをこらしめることに踏み切った。「脅迫状」を送り、小田切家の子猫を誘拐した。少年の心のなかに不快な体験が募ると、復讐したいという欲求が強くなり、子猫を監禁する行動をとらせたのである。換言すれば、姉を心配する不安が不快な経験として蓄積されており、仕返しをしようとする欲求が本能を理性から乖離させた。

以上見てきたとおり、作者はこの作品集をとおして、人間精神の暗い一面を描こうとしていることが分かる。小さな罪や悪、あるいは不道徳な行いをしたことがない人間は、どこにも存在しないだろう。人間は善く生きようと思っても、場合によってはやむを得ず罪を犯し、悪事を働き、人を傷つけてしまうことがある。つまり、完璧な人生はどこにも存在しない。もしX軸の正方向を人の年齢、Y軸の正方向を理性、負方向を本能としたら、激しく変形する曲線が見られる。第四象限は本能の世界を表しているが、ある数値を超えると本能をコントロールできなくなる。本能を制御しきれない世界は人生の影の一面にあたり、小さな悪や罪はその影の部分を満たしている。光しかない人生はあくまでも幻であり、本当の人生は光と影の両面を備えており、両者は相互に依存し合っている。一方で、光しかない人生は幻だとしても、人間は光を指向して生きているはずである。それなのに犯してしまう過ちがあるから、誰もがその胸の痛みを共感する。今までにしてきた酷いことを反芻して、再生される過去の過ちに傷つき、その影に侵食されながらも、人は光のほうを目指しているのではないか。その影が濃いほど、まばゆい光の明るさに向かって行くことができる。作者はこの作品集をとおして、光と影の双面を具有する人生そのものを示し出しているといえよう。

（武漢大学副教授）

『絶対泣かない――あなたに向いている15の職業』――杉井和子

――自己のアイデンティティー確立に向けて――

初出　大和書房（95・5）、角川文庫（98・11）

・はじめに　仕事をするとは、そもそもどういうことなのか。職種や働き方が多様化した現代社会の文化的意義が注目された事は、紛れもなく女性の手柄だ。男性中心の労働から、正社員、契約社員等の雇用形態、多彩な職種、会社の上下関係。転職退職も主体的で、生活のためだけでなく新たな自己確立のために働き、辛さも新たに自分らしさを体現する糧となる。その質的な変化を女性の労働に焦点化した山本美緒の多くの小説はジェンダーへの意識が見られる。文化的な背景の中で個別に観察された女性の心理が浮彫にされる。山本の90年代から直木賞受賞の01年頃までと、鬱病を患い再婚後に創作活動をした07年以降では、題材やモチーフに変化が認められる。が、創作原理は一貫して自己のアイデンティティーの模索であったと言えよう。

・「絶対泣かない」の複眼構造　「あなたの夢は何ですか。誇りを持っていますか？　専業主婦から看護婦、秘書、エステティシャン。自立と夢を追い求める15の職業の女たちの心の闘いを描いた、元気の出る小説集」と、広告文にある。日笠雅見なる手相見の「涙の力」があとがきに加わる。多くの相談者の悩みは、恋、結婚、仕事、親子関係、未来の不安、ぬぐい切れないトラウマやコンプレックスであろう。絶対泣かないと頑張り続けて溜め込んだ内なる涙を外に発散させ心の解放を実現させた手相見の話こそ、この小説のモチーフとなる。しかも、山本は絶対泣かないことと涙の力を表裏一体のものとして心の解放を目指す。最後に涙の力による構図が見える仕掛けになっているのだ。

仕事で得るお金は、お金によってできることつまり〈夢の実現〉のためであり、その難しさを知る山本は、出発点に夢を置き苦闘する心理を描く。仕事の専門性にリアルに立ち入るのを避け、若者の未来が心理小説もしくは風俗絵巻風に綴られる。15の職業は概ね女性に特化され、就労の動機を重視して記す。失恋の傷みを忘れるため土・日も働けるデパートの店員、逆に自由な時間を活用できる派遣社員。憧れの女優を毎日眺められる、大道具の仕事。「天使をなめるな」の看護婦は、〈つまらないことばかりの田舎の生活に我慢ならず……上京したかった〉のが動機で、今や真面目に夜勤に励み、酔っ払いにからまれると勇敢に殴りつけて走る大胆さも加わり、町を歩くO・Lとは違う存在感を見せる。悲しみを秘めた滑稽な展開である。結婚と職業を同等に価値づけた。「愛の奇跡」は、普通でない結婚の形態に満足するおんなのケースだ。正社員になって求婚され一緒になったが、夫は月の半分しか帰宅せず、老母と犬の世話という生活だが、その幸福感が〈彼には非日常という恋人が必要で、そのためには日常という家庭も必要だというのなら、私は彼の家庭になろう〉とある。男女の恋に対する家庭での新たな心情地図が示され、妻の積極的な享受の意志と行動力が示される。悲しい涙を力として撥ねのけている。

・意志の力　地方のT・V局のタイムキーパーの話では、仕事上の人間関係と、友人や家族のそれとを〈甘え〉を使って区別する。東京から来た女性ディレクターの本番での事件の暴言を正当化する姿勢を、〈女だってことに甘えている〉と厳しく批判する。倒れた母の面倒をみなければならぬという女の立場に同情しつつも甘えを許さない。題名の「気持ちを図る」は、その複雑な心情のニュアンスを伝えている。誰かに頼まれて仕事をやってるわけじゃないと、自分の意志を確認し、自らも職場の上司との不倫関係を断ち切る。職業は、仕事仲間によって自分を把え直すことで、他人が自らを写し出す鏡となる。みっともない中年男が主婦達に交じって泳ぎを学ぶのに苛立つ〈私〉は、運動が苦手で〈私は四十五だけど……これからでも間に合うかな〉と言う彼から、逆に自らの自意識過剰を解き放つ。「秘書」でも、小学生の時馬鹿にしていた友人が、今、女社長で自分を支配している事に驚き、相手の自信と自らの卑屈を認め、強くなろうとする。他者との衝突と自己の対峙だ。

・〈憧れ〉の意義　職に携わる〈私〉の意志はは明らかだが、そのスプリングボードとなる契機は、主体の強い憧れ（ファン）の心情である。憧れの対象は身近にあり、近い距離で触発される。「イバラ咲くおしゃれ道」（96・8）でも、少女がおしゃれな先輩に憧れ外見に振り動かされる。居場所を求める若者の心の揺れを、おしゃれという一点に象徴化する。それにお金をかけるヒステリックな感情を〈〝イン〟でいたい、〝イン〟でいることで〝アウト〟なものを差別したい〉と本音に明かす。焼肉屋に着ていく衣装の細かな検討する若者を、作家は〈お利口に身を縮めているよりずっといい〉と明かるく締めくくる。が、アウトとインを決めるのは誰か。それは明確にされない。ただ、自らの態度を決めることを、自らのアイデンティティーの問題と深く受けとめていることだけは確かである。「絶対泣かない」以後、作家の自分の居場所を探す旅は、しばらく明るさを温存していた。休止期間脱脚後、最近の『婦人公論』（14・5）では、自分で自分を縛ることを戒め、いい妻いい母を演ずることから生まれる苦しみに触れて〈何をもっていいとするのか曖昧でわかりにくい〉と述べて人々の不安を和らげようとしている。苦しみと解放を体験した実感の上に、初期作品群から連綿と保たれてきた自分の居場所探しが培ってきた自信である。

山本は「プラナリア」（99・7）で、現代の無職を巡る心模様として、出口をさまよう女達を描いた。乳ガンの女が自分と対峙するのが辛く、社会復帰も不可能になった時、今度はいくらでも再生できるプラナリアという動物に生れ変わりたいと願う。この時期の短編では、〈囚人のジレンマ〉という心理学用語で卑屈になったO・Lの心を、また居酒屋に来る手相見を使って〈みんな不安で寂しく飢えて〉いる人の心を描いている。「絶対泣かない」の手相見よりも悲惨である。又、奇想天外なストーリーである少女小説風の「アカペラ」（02・1）では、中三の女子が校則を破って行うバイトが、家庭内のゴタゴタに負けることなく祖父との愛を実らせる。

働かない／働けないことは社会の壁をはっきり見せつける。個人の意志だけではどうにもならぬ。「アカペラ」の頃を振り返り、山本は「いまは、よくも悪くも常識や社会性が身についたことによって、あまり荒唐無稽なことを思いつかなくなった」と語る。(注) しかし、純粋な意志のもたらす混沌たる結果を、山本が恋愛という具体的な枠組を使って表現しようとしたことも意義深い。〈私〉が私らしくあろうとすること、その主体の動きを恋の情熱に繋いだのである。それまでは異性への憧れ→恋→セックス→結婚という普通の道筋を辿っていたが、特に反道徳な現象を以て「恋愛中毒」が書かれたのは98年11月である。恋の罠にはまる女、元の夫を思慕する女心の空白が語られる。その鍵となるのは家族の重さであった。仕事とお金に恋愛軸を絡ませて思わぬ陥穽を見せている。

・終わりに

「絶対泣かない」に込められていた作家の仕事に賭ける自信は、実は内側に自己確立の不安を内包していた。後の小説に個の意志の純粋さを砕く試みがあったことは見てきた通りである。憧れも現実の裏切りから捲き返しを図る行動の奇跡の中に位置する。働くことは、個人の意志の純粋さだけでは行き詰ることを山本は深い所で理解している。恋愛を、個人の純粋さの比喩として仕事と対置させながら、意志を生かす核に家族というものを置かねばならなかった。「絶対泣かない」以降の苦闘の過程は、逆に、居場所を求めて自己と対峙するという絶対的な価値への信頼が、山本の中に一貫して存在していたことの証しである。

（元茨城大学教授）

注　「文芸」（10・1）「対談「私」と小説の距離」山本美緒×島本理生」

『群青の夜の羽毛布』──再生産されるミソジニー──

塩谷昌弘

『群青の夜の羽毛布』（幻冬舎、95・11）は、ミソジニーをめぐる物語だと要約できるだろう。ミソジニー、女性蔑視とも訳されるこの言葉は、上野千鶴子『女ぎらい　ニッポンのミソジニー』（紀伊國屋書店、10・10）が指摘するように女性にとっては自己嫌悪となる。

二十四歳になる毬谷家の長女さとると大学生四年生の鉄男は恋人関係である。さとるは家事手伝いをしているのだが、近所のスーパーでバイトをしていた鉄男と出会う。精神的に不安定で、社会的な関係をうまく構築できないさとるにとっては、鉄男だけが救いであった。鉄男は普通の大学生だが、すこし変わった雰囲気のさとるに惹かれた。だが、毬谷家の母は厳格な母として娘を支配しており、鉄男との恋に介入してくる。母は、さとるをずっと家に置いておくつもりで、さとるの結婚相手は家に一緒に住んでくれる人でなければならないと考えている。さとるは母の言うままに鉄男が結婚から逃れられないように仕向けて行く。その理由は、物語の後半に明かされる。実は、毬谷家のある一室には父親が隔離されていたのだ。その父は、さとるが大学生のときにさとると同じ年の女性と浮気をし、妻に離婚を要求していた。しかし、母とさとるはそれを許さず、父の浮気相手である女性を自殺未遂にまで追い込んだ。父はその後、精神を病むようになり、家に隔離されることになった。母は夫の世話をしないかわりに働き、さとるが父の世話をすることになる。だからこそ、母はさとるにいつまでも家に居てもらわなくてはならず、さとるの結婚相手は家に同居してくれる男性でなければならなかったのだ。さとるもまた父への贖罪から、進んで父の世話をしている。

物語は後半、さとると母の対決へと移行していく。さとるは母とのいさかいで手を負傷し、入院することになるのだが、鉄男とさとるの母は入院先からの帰り道、鉄男のアパートで肉体関係になる。さらに鉄男は、毬谷家の父の存在を知ったあと、再びさとるの母と会い、もともとさとると結婚するつもりはなく、卒業後は実家に戻り、家業を継ぐつもりだったことを告げる。それを聞いたさとるの母は、家に戻り、さとるに鉄男を諦めるように言う。しかし、さとるは納得せず、口論となり、母はついに鉄男との肉体関係をさとるに暴露する。そのとき、さとるは怒りに任せ母を殴り、〈くそババア！　あんたなんか母親じゃない！〉と叫ぶ。さらに、母に唾を浴びせかけ、家を出ていく。そして、鉄男のもとへと向かうが、ようやく鉄男に会ったとき、鉄男は別の女性と一緒にいて、さとるは帰る場所が自分の家しかないということを知る。さとるは家に帰って、父の部屋にあった灯油ストーブの灯油を部屋に撒く。しかし、そこに火をつけたのはさとるではなく、父だった。この後、家は燃え、父と母、さとるは入院する。事態を知った鉄男は集中治療室にいるさとるのもとを訪れ、結婚を申し出る。さとるは〈無理しないで。私は大丈夫だから〉と言い、結婚の申し出を否定も肯定もしないまま〈死なないでよかった〉とつぶやく。それを聞いて鉄男は〈嘘をついた自分への、何もかも自分の思いどおりにしようとしていた自分への、これは罰なのだ〉と思う。

ところで、毬谷家には、みつるという妹がいるのだが、みつるはさとると母の関係をなかば嫌悪しており、いつかこの家を出たいと考えている。物語においてみつるは終始、この家族の異様さに苛立っている。同時に、その家族を捨てきれずにいる自分にも苛立っているように見える。かつて江藤淳は『成熟と喪失』（河出書房新社、

67・6）において小島信夫『抱擁家族』（講談社、65・9）を論じて、近代の女性は〈「家」を離れ、男のように「出発」したい〉という欲望を持つが、〈母〉である限りにおいて、それは達成されることがなく、そのために〈「女」であることを嫌悪する感情〉を持つようになると指摘した。その江藤の論を踏まえて上野千鶴子は『近代家族の成立と終焉』（岩波書店、94・3）で、母に恥じられる〈みじめな父〉、その父に〈いらだつ母〉、父に同一化する〈ふがいない息子〉、いずれ母のようにならなくてはならない〈不機嫌な娘〉という関係で近代家族の宿命を定式化した。これに従えば、みつるは〈不機嫌な娘〉ということになる。常に家族に苛立ち、厳格で支配的な母に対してさえ反抗してみせる。みつるは物語の最後で、家から〈出発〉をするのだが、この〈出発〉の原因は家の焼失である。こうしてみれば、毬谷家という異様な家族関係は、小説的なデフォルメはあるにしても、近代家族の縮図として理解できよう。考えてみれば、この小説の女性たちは誰もがミソジニー（＝自己嫌悪）を抱え込んでいる。例えば、鉄男がさとるの胸をさわるとさとるは〈やだ。胸なんか欲しくない〉と何気なく言う。あるいは、さとる、みつるという男性的な名前は〈私は男の子が欲しかったの。女の子なんかいらなかった〉と小学生のさとるに平然と言い放つ母によって名づけられている。さとるの外見は〈中性的〉であり、みつるは〈ボーイッシュ〉である。さらに、さとるには生理がない。こうした女性性の否定が、この物語には溢れている。だからこそ、この物語はミソジニーをめぐる物語であり、彼女たちのミソジニーからの解放が、この物語の主題とさえ言い得るのだ。そのために〈出発〉を阻む家は焼失されなければならなかった。

この小説のタイトルにある〈羽毛布〉だが、この〈毛布〉はさとるがいつも使っている〈毛布〉のことだ。これは小説中で〈ライナスの毛布〉と説明される。おそらく、この〈毛布〉も家の焼失によって燃えたはずだが、この〈ライナスの毛布〉の焼失は、それだけで成熟を意味してもいる。大塚英志は『サブカルチャー文学論』（朝日新聞社、04・2）のなかで、心理学者のD・W・ウィニコットの〈移行対象〉という概念を、この〈ライナスの毛布〉という言葉で説明している。それは幼児が外的世界を受け入れていくための〈中間領域〉なのだという。つまり、さとるにとってこの毛布は、外的な世界、家の外の世界を受け入れていくための〈中間領域〉であったのである。従って、〈毛布〉と家の焼失は、さとるの成熟とミソジニーからの解放だと理解できる。

ところが、さとるにはもうひとつの役割がある。本作は「1」から「7」までの章で構成され、各章の冒頭にゴシック体の語りが挿入されている。この語り手が誰なのかはじめのうちはわからない。わかるのは語り手が〈先生〉というカウンセラーらしき人物に話しかけているということだけだ。物語の後半、実はこの語り手が父だったとわかる。〈先生〉はさとるが演じていた人格だった。これはさとるが自覚的に白衣を着て行っている父に対する罪滅ぼしでもある。この父娘の関係は、聴く者と語る者の二者の共犯関係によって成立している。また、家の焼失はさとるが灯油を撒き、それを見た父が〈ほら、お父さんが点けてあげるから〉と言って火をつけたのだが、ここにおいても、父との共犯関係は反復されている。小説の末尾も、ゴシック体の語りなのだが、父はカウンセラーの女性を〈捜して〉ほしいと病院の〈看護婦〉に語りかけている。この後、さとるが戻って来るのかは不明だが、共犯関係の存続が仄めかされている。だとすれば、この物語は単なるミソジニーからの解放の物語ではない。ただでさえ、もう一人の男である鉄男はさとるに対して〈罪〉の意識を持ち、さとるを救おうと考えていたのだ。鉄男はさとるを自分の田舎に連れて帰るつもりだろう。であれば、さとるは再び家に回収されることになる。つまり、さとるは父か鉄男、どちらかの男に縛られ続けるかもしれない。もちろん、そのことが描かれているわけではない。さとるは〈毛布〉を捨て、自立するかもしれない。だが、結末部の二人の男のさとるへの執着は、さとるの〈出発〉の困難さを示唆しているようにも思われるのだ。

（盛岡大学助教）

顕微鏡的生を生きる作家の眼——李 哲権

——山本文緒の『みんないってしまう』を読む——

山本の眼は観察する眼である。社会という人間植物＝人間動物が生息している空間（ライプニッツのモナドの充満の論理に貫かれた、存在の大連鎖が営まれる空間）を博物学者のような眼をもって観察する女＝人である。しかし、その眼は深さを求めて下降の軌跡をたどるロマン主義者たちの眼ではない。オブジェの表面をなぞるようにして水平方向にパサージュするドゥルーズのノマド的な襞の眼である。

顕微鏡の発明は人間の歴史に博物学の黄金時代を到来させた。それによって、世界は顕微鏡的細部の巨大な集積となり、無限の微小な断片となり、モザイクとなった。このような変身を遂げた世界を対象にするとき、絵画は「顕微鏡的な方法」「顕微鏡的な視覚」を獲得し、文学は「視覚的な言語」「視覚的な細密描写」を獲得した。これは科学と芸術の婚姻が人類史上にもたらした恩恵である。

山本の観察する眼もその淵源をたどれば、このような恩恵から流出（Emanatio）してきたものであろう。われわれ一人ひとりに個人史（＝無意識、フロイトの「家族の物語」を語るための切り札）があるように、作家という人種にもその種族伝来の集合無意識のようなものがあるはずだ。山本の有する「顕微鏡的な視覚」もこうした集合無意識という遺伝子から必要な情報を受け継いで誕生した突然変異なのかもしれない。というのは、山本の観察する眼は、社会という人間の生息空間に、その秘密を解き明かしてくれる必然性を求めるのではなく、偶然性を求めているからである。山本にとって、万人が求める必然性ではなく、偶然性のみにこそ意味が宿っているのである。つまり、重さ、必要性、価値を孕んでいるのは必然性ではなく、偶然性なのである。

　街中でばったり知人に遭遇した、という経験が私にはなかったように思う。地元の駅近くで近所の人とすれ違ったり、職場のそばで取引先の人と顔を合わせたことはあるが、そんなものは必然であって偶然ではない。

　でも長い人生、一度ぐらいはこんな偶然もあるのだろう。ドラマに乏しい平凡な暮らしを送ってきた私にとって、その日はかなり特異な一日だった。（傍点、引用者、以下同）

　このような書き出しで始まるこの短いテクスト『みんないってしまう』（以下『みんな』とする）は、ベルグソンの「純粋記憶」の軌跡をなぞりながら、二人の登場人物の幼年時代から思春期を経て一気に「イマ・ココ」という出来事の生起する瞬間に二人を導き、そしてわれわれ読者という名の闖入者――好奇の眼を光らせながら聴き身をそば立てたがる奇異な好事家――をもそこに坐らせる。

　場所は都心のある「老舗デパート」、時は「昼下がり」、偶然性はそのようなフラジャイルな時間帯に生息する生き物のように二人の「平凡な暮らし」のなかに裂け目を穿ち、遭遇を挿入する。「もしかして、絵美ちゃん？」こう言っている「私」は一人暮らしになって都心に移ってきたばかりの者、そのような「私」に声をかけたのは「明るい草木染めの訪問着を着た女性」、

　「いい色ね」

「ありがとう。安物なのよ。のんちゃんはずいぶんほっそりして垢抜けだわね。ピアスが似合ってる」

「ピアスね、この前開けたばかりなの」

「そうなの？　今頃？　なんかあったの？」

「あったっていうか、ないっていうか」

二人のやり取りはその着物の色のように明るさに満ちている。だから、われわれ読者もその色に染められて、「ピアス」には気を留めても「今頃」には留意することなく、二人のやり取りに耳を奪われてうっとりとしてしまう。しかし、「今頃」はこのテクストに散在する「あの頃」と同様、「イマ・ココ」(=出来事・事件が現在進行形的な生を生きる生起の時間=瞬間・空間=場)を、「純粋記憶」の日付の刻まれた「あの時」の「イマ・ココ」に返してやるための「ゴマ、開け」のような暗号である。すなわち、プルーストの「プチ・マドレーヌ」なのだ。このテクストのタイトル「みんないってしまう」をたぐり寄せたのはこの「今頃」であり、語りを支える「純粋記憶」への遡行を命じたのはこの「あの頃」である。

「希代のストーリーテラー」と言われる山本には作家戦略とも文体ともとれる、読者を魅きつけて放さない、普段着のような決して飾らないテクニックがある。それがこの二人に以上の引用にあるような擬似若さを与え、ピアスの似合う存在に仕立てあげている。二人はまるで青春を謳歌する若い女子大生のようである。われわれ読者がこのテクストに接して受ける最初のイメージはこのようなものである。

しかし、このイメージはわれわれの錯覚にすぎない。あるいは山本の作家戦略または文体(バルトは文体を作家の身体と血縁関係を結んだ「内臓的なもの」と名付けた)が拵えた欺瞞であり、捏造である。というのは、二人とも娘から「赤いちゃんちゃんこ」をもらうことを気にする、還暦を間近に控えた六十歳のお婆さんだからである。『みんな』は、まるで二人の年を最初から明かしてしまうと、物語の有すべき面白みが半減してしまう恐れがあるといわんばかりに、ひたすらそれを隠そうとしているかのようである。

『みんな』において、二人の年が説き明かされるのはテクストの後半の終わり近くである。そのきっかけは、二人の「純粋記憶」にいかなる忘却（＝消しゴム）も消し去ることのできない烙印を押してしまった同級生、「成井恭一」に話が及んだ時である。「私」と「絵美」の「平凡な暮らし」に特異な一日を刻印したのも、いまは無き記憶のなかの「成井恭一」の生の軌跡である。それがパラレルな軌跡をたどりながら同じくパラレルな軌跡をたどる「私」と「絵美」のそれぞれの生の軌跡と重なり、「あの頃」の純情、「あの頃」の処女を奪ってしまったのである。『みんな』における偶然性が二人の「平凡な暮らし」に「重さ、必要性、価値」をもたらしていたとすれば、以下の引用に記された「あの頃」の「イマ・ココ」で生起した事実を、「今頃」の「イマ・ココ」で共有するという出来事・事件以外にはない。


「私達、二股っていうのをかけられてたみたいね」

「信じられない。すごいびっくり……」

「びっくりはこっちです」

するとと彼女は突然テーブルを掌で叩いた。

「じゃあ、なあに、こういうこと？　私とのんちゃんは、同じ時期に同じ人に処女を捧げたってこと？」

処女を捧げる、という言い方が時代がかっていてさらに可笑しかった。

「そういうことみたいね」

「成井の奴」


つまり、二人の「平凡な暮らし」の池に偶然性がその不思議な力をもって、波紋を引き起こす一石を投じたとすれば、それはほかならぬこの「同じ時期に同じ人に処女を捧げたってこと」である。しかし、『みんな』はこのような「処女喪失」を嘆く物語ではない。「処女」も「あの頃」あったすべてのものと同様に、「みんないってしまった」ものである。そして「いってしまったもの」は「あの頃」の管轄区域に属するものであって、決して「今頃」の「イマ・ココ」に属するものではない。「今頃」の「イマ・ココ」は「あの頃」の「処女」を遠く離れた、六十歳という老年の領域である。この領域はいよいよ死という静寂の世界へ足を踏み入れようと構えている世界である。ギリシア人にとって、死は「自己への配慮」が最終的に迎える完成の境域であるように、『みんな』における二人の世界も、いよいよ完成に向かってひたすら静を保っている世界なのかもしれない。「成井」の死は、二人の生の池に石を投げ入れたが、しかしいかなるさざ波も立たせなかったのである。池はもとの静を保ったままである。六十という老年の領域に穿たれた池はみずから動の生に別れを告げて、静の生を生きる水鏡になっている。『みんな』における二人はまさにそのような静の生を生きる水鏡なのだ。だから、そのような水鏡に映るものは「あの頃」の純情であろうと処女であろうと、あるいは「今頃」の老衰であろうと孤独であろうと、いずれもいつかはどこかへ「いってしまうもの」であるから、水鏡の表面のように穏やかであり静かである。老年に達するとは、水が高いところから低いところに流れていって静かになるような生の様態である。つまり、水たまりになることである。『みんな』における「私」も「絵美」もいってみればそのような水たまりなのだ。だから、二人は自分たちの処女を奪った成井君を憎んだり恨んだりはしない。罪も老年の水鏡に映ると溶けて無色透明になるのである。『みんな』に刻まれた成井の死（「胃ガン」）は「あの頃」の罪に対する償いでもなければ罰でもない。寛容は「私」と「絵美」の所有物ではない。死の所有物でもない。それは老年の所有物であり、老年の特権である。

　ひとつ失くすと、ひとつ貰える。そうやってまた毎日は回っている。幸福も絶望も失っていき、やがて失くしたことすら忘れていく。ただ流されていく。思いもよらない美しい岸辺まで。

長いといわれる人生は、エネルギー保存則と同じように、失われることもなければ、増えることもない。すべては永劫回帰のようにあるパターン、ある類型が永遠に循環反復するだけである。老年の水鏡に映ったのはまさにこの永劫回帰の円環の軌跡である。始まりも終わりもない円環、すでにいってしまったものも、これからいってしまうものも、その行く先＝故郷はこの円環が住まう世界にほかならない。すべてはこの円環の上に刻まれ、そしてすべてはこの円環の軌跡をたどる。「美しい岸辺」とは、この円環の軌跡がなぞる緩やかで滑らかな無数の湾曲が織り成しては結ぶ連続の連続であり、反復の反復である。すべてがそこで終わりそしてまたそこで始まる地点、「美しい岸辺」とはそのようなところであろう。そのような岸辺に、「成井」はさきにいっている。「私」と「絵美」の「あの頃の純情」と「あの頃の処女」を道連れにして。そしていまだ「今頃」の「イマ・ココ」にいる二人は、その「美しい岸辺」のある円環の世界をひと目見ようとするかのように、「東京タワー」に上る。二人の処女を奪った「成井」がある日、二人に向かっていつか連れて行ってあげると約束したあの「特異なオブジェ」である。二人のこの登攀行為は「成井」に手向ける鎮魂なのだろうか、それともタワーの有するおごり高ぶる男性性の征服をめざす「力への意志」なのだろうか。

しかし、老年の水鏡に映るタワーは去勢された両性具有的な美しい風景であったに違いないだろう。

○「東京タワーに上ったことある?」「……東京タワー」「絵美ちゃんに言われなかったら一生忘れていたわ。私、行ったことないの」「私もよ」「成井君と行く約束してた」「私も。で、それっきりだった」

○「思ったほど高さはないわね」「そうね。サンシャインの方が迫力あった」「私、この前孫と都庁に上ったけど、やっぱりすごかった」

（聖徳大学　准教授）

ほんとうの自分を探して——山本文緒の『シュガーレス・ラヴ』を読む——宮脇俊文

この短編集を通読して、最初に思い浮かんだのは次のようなフレーズだった——「女が男を捨てるとき」「不倫にけりをつけるとき」「自分に返るとき」「自分に素直に向き合えるとき」。何気ないありふれた日常を描いているが、そこには何か違っていることがひとつある。それは社会の規範に反した行為が描かれていることだ。でもそれでもいいじゃないかと、読んでいて思わされてしまうところが不思議だ。それが犯罪でない限り、それが人を傷つけてしまうものではない限り。具体的に言えば、不倫や未成年の飲酒などである。こうでなければならないという法則から自分を解放したとき、ほんとうの自分に巡り会えるということなのか。そんな漠然とした感想を抱いた。

十編の作品の中で、特に「秤の上の小さな子供——肥満」がいい。男の僕が読んでいても、実にすがすがしく感じるのだ。主人公の美波は自分を完全に解放している。個というものを確立している。まわりに振り回されず、自分の信じる生き方を実践している。それは開き直っているとか自棄になっているとかではない。無理をしない真の自分のありのままの姿がそこにある。だから、男たちが集まってくるのだ。それはスタイルがいいとか、洋服のセンスがいいからではなく、彼女自身をさらけ出しているからだ。この作品を読んでいてつくづく思うことは、人は仮面を被れば被るほど、他人の興味を一瞬引くことはできても、仮面の内側にまでは誰も入ってきてはくれないということだ。一緒にいて、心から安心できる人、自分をも解放させてくれる相手、それこそが人が心から求めている存在なのだろう。それがわかっていても、人はなかなか仮面を脱ぎ捨てることができないのが現実だ。

「可哀想《かわいそう》な柊子ちゃん」

グラスに残ったココアをストローですすりながら美波は楽しそうに言った。

「え?」

「こんなにも世の中にはおいしい食べ物や出来事があるのに、それを食べようとしないで飢えてるなんて」

美波のこのセリフはわれわれ現代人への痛烈な皮肉に聞こえる。

「あなたは好き放題食べる人が許せないんでしょうね。だからわざわざプールになんか私を連れて来た。断られると思ったでしょう? でも私は平気。私は自分のこと、恥ずかしいなんて思ってないもの」

「そんなつもりじゃ……」

「いいのよ。怒ってなんかないの。あなたは可哀相な人。私には許せないことなんかひとつもないの」

柊子のような「可哀相な人」がいかに世の中には多いことか。しかし、美波と会うことで、最終的には自分の仮面を脱ぎ捨て、素顔の自分になってそれまでの愛人生活に別れを告げる。それは真に彼女が求める生き方ではなかったのだ。この終わり方は実にすがすがしいというか、そこにはひとつの「目覚め」がある。これでやっと自分を生きることができるのだ。

美波は言う、「世の中には愛されたがってる人ばっかりで、愛してあげられる人はほんの少ししかいないの」と。まさにその通りだ。要するに、人を愛せないということは「自分がない」ということだ。それはまた自分を愛することができないということでもある。自分を偽り、人に愛されることだけを求める生き方ほど「可哀相な」生き方はないのだ。

この作品は、アメリカの短編作家であるレイモンド・カーヴァーの「でぶ」を思い起こさせる。ウェイトレスとして働く語り手のところに、それまでに見たこともない太った男が客としてやってくる。彼は次から次へと信じられない勢いで食べ物を口に運んでいく。この体験を友人のリタに話しているうちに、彼女の中に何かの変化が生じ始める。訳者である村上春樹の言葉を借りれば、「語り手がでぶについて淡々と語っているうちに、だんだんその異物性の中に飲み込まれていく様子が凄まじい」。

語り手の彼女は夜、夫が自分に「のしかかるとき」、「突然自分がでぶになったように感じる。ものすごくでぶになったような気がするのだ」。そのせいで彼女の夫は「すっかり小さくなり、ほとんどいなくなってしまう」。そして、物語の終わりはこうだ。

面白い話ねえ、とリタは言う。でもそれをどうとらえたらいいのかよくわからなくて戸惑っていることがわかる。

私は気持ちが落ち込んでくる。でもこれ以上彼女にこの話はしない方がいい。すでに私は喋りすぎているのだ。

彼女はそのままじっとそこに座って待っている。華奢な指先を髪の中に入れて。

いったいい何を待っていいるのかいよ、教えて欲しいものだわ。

今は八月だ。

私の人生は変わろうとしている。私はそれを感じる。

山本の作品と同様、この主人公は何かに目覚め、ここから新たな人生に一歩を踏み出そうとしていることは明らかだ。何か熱いものを感じさせる結末はどこか似ていないだろうか。

「彼女の冷蔵庫――骨粗鬆症」にあるように、われわれは人の冷蔵庫の中身をとやかく言う前に、自分の冷蔵庫の中身を見てみる必要があるということだ。そして、そこにはろくなものが入っていないことに気づくべきなのだ。ここの「冷蔵庫」の描写はさりげなく、日常的で、しかも人の心理の奥底を巧く描いている。それは、人の心の鏡といえるような密室空間なのかもしれない。

「私達は無自覚に病んでいる」――この一行がこの短編集の全体のテーマを言い表しているようだ。「シュガーレス・ラヴ――味覚異常」の結末に向けて、「嘘はこんなにも体に悪いのだ」ということに主人公が気づくところがある。自分がずっと隠してきた経歴に関する嘘を暴かれたことで、彼女の中に大きな変化が起こるのだ。彼女は今や「晴々」としている。それまで彼女を蝕んでいたものと決別できたのだ。彼女はやっと壁を抜けることができたのだ。その壁の向こうにはまったく新しい自分がいる。いや、もっと正確に言えば、それはずっと隠してきたほんとうの自分なのだ。彼女はやっと自分になれたのだ。

自分の正直さが滑稽《こっけい》で本当に可笑《おか》しかった。何て私は馬鹿だったのだろう。

人事にばれて免職になろうと、それで退職金が出なかろうと、業界に噂が広がって仕事ができなくなろうと、別に命まで取られるわけじゃない。何をしたって生きてはいける。こんな気持ちに自分がなるとは、まったく予想ができなかった。

自分に目覚めた彼女は「恋をしている」と気づいた男に電話をかける。その「呼び出し音は、いつまでも耳に鳴り響いた」。これも実にすがすがしい気持ちにさせてくれる結末だが、先に触れたレイモンド・カーヴァーの

「ぼくが電話をかけている場所」を思い出させる。
僕はポケットから小銭をとり出す。先に女房にかけよう。もし彼女が出たら、新年おめでとうって言おう。でも、それだけだ。ややこしい話はなし。どなるのもなし。相手がいろいろ持ちだしてきてもだ。今どこから電話してるのって訊かれたら、それは言わなくちゃなるまい。新年の決意については黙っていよう。それは冗談半分で口にするようなことではない。女房と話したあとで、ガールフレンドに電話しよう。いや、そっちを先にしようか。本当にあのガキが電話に出ないといいんだけどな。「やあ、シュガー」と彼女が出たら言おう。「僕だよ」

これはアルコール中毒に苦しむ男が、療養所から電話をかけようとしている最後の場面である。訳者村上の言うように、ここには「幸せな人間は一人も出てこない。だからまったくもって明るい話ではないのだけれど、どういうわけか読み終わったときにじわっと胸が温まる思いがする」。同じ問題を抱える仲間との交流の中で、彼は何かに目覚めていく。そして、タイトルが示すように、いま自分がどこにいるのかをしっかりと把握している。山本がカーヴァーを愛読していたかどうかは別として、どこか似ていないだろうか。

『シュガーレス・ラヴ』に収められた短編群は、「過剰愛情失調症——自律神経失調症」を除いて、すべて女性が主人公の物語だが、それは言うまでもなく女性だけの世界を描いたものではない。そこには現代人の抱えるいわゆる「ストレス」の深刻さが描かれている。何でもストレスのせいにして済ませてしまう現代だが、それはもっと真剣に向き合うべき重要な問題なのだと改めて考えさせられる。われわれにはいろんな意味で「イルカ」の存在が必要なのだ。「いるか療法——突発性難聴」の主人公のように、必ずしも水族館に行かなくてもいい。イルカはその気になればどこにでもいるのだ。われわれのすぐ身近に。さあ、イルカをめぐる冒険に出かけよう！

（成蹊大学教授）

引用文献

山本文緒『シュガーレス・ラヴ』集英社文庫、二〇〇〇年。
レイモンド・カーヴァー『Carver's Dozen―レイモンド・カーヴァー傑作選』村上春樹訳、中公文庫、一九九七年。

『紙婚式』――「ともに生きる」ことの困難――

仁平政人

家賃も公共料金も完全折半、食事も割り勘、もちろん電話も別の番号を持っていて、私達は何も干渉しあわず暮らしている。（中略）子供はつくらず、家も買わず、お互いの実家には葬式でもない限りは出掛けない。自分の親は自分で面倒を見る。

右は、『紙婚式』の表題作である短編「紙婚式」の一節である。ここに示される通り、本作に描かれるのは、籍を入れることも生活を共有することもなく、結婚にまつわる義務や負担の一切を負うこともない、ルームシェアのような関係を選択した夫婦の物語だ。彼らが理想としたのは、愛する人とお互いを尊重しながら、楽しく自由な関係を継続することだったと言える。だが、その〈自由〉な結婚生活は、時が流れ相手への感情が薄らぐにつれ、次第に変化を欠いた停滞へと二人を閉じ込める檻に変わることになる――。

この表題作をはじめ、『紙婚式』は、いずれも「結婚」をテーマとした八編からなる短編集である。本作に登場するのは、離婚歴のある恋人たちの関係を描く小説「バツイチ」を除き、二十代～三十代半ばまでの、結婚して数年から十年の夫婦たちだ。さて、一般に夫婦（家庭）の問題として想像されやすいのは、浮気・不倫や、義父母（舅・姑）との対立、あるいは子供にまつわる問題や、ドメスティック・バイオレンスなどだろう。だが、『紙婚式』諸編においては、これら典型的なトピックが問題とされることはない。特に留意していいのは、各編で中心となる夫婦たちが、いずれも子供を持たず、また双方の義父母との関係に困難を抱えることもないということだ（象徴的なことに、二世代同居の家庭が扱われる「秋茄子」で問題とされるのは、義父母との異様に希薄な関係と、そこに表れる〈夫〉の問題である）。それは、本作において結婚というテーマが、基本的に恋愛関係の延長上にあるものとして、二人＝カップルという水準で扱われていることを示しているだろう。言い換えれば、本作でテーマとされているのは、他者とともに生き続けることにまつわる困難の諸相なのである。

本作の諸編で描かれるのは、概括すれば、結婚生活の経過の中で当初の予期や期待が破れ、そこにおいて日常の亀裂や関係の困難が露出していくありようである。一人称の語りで、偏りを含む（しばしば身勝手な）主人公の視点に寄り添いつつ、その視野の外にあるものを鮮明に突きつけるという本作の基本パターンは、こうしたモチーフを支えるものだろう。相手に対し都合のいい理想を見ていた者はその夢想を砕かれ（「土下座」）、〈よくできた〉パートナーとの関係に安住していた者たちは、相手の抱える〈心の闇〉や他者性に脅かされ（「貞淑」「ますお」）、また結婚を〈政治経済的な契約〉と割り切っていた〈お嬢様〉は、生老病死全てにまたがる結婚生活の生々しさを前に立ちすくむ…。もちろん、結婚生活にあって当初の予期や期待が裏切られることは、当然と言えば当然のことだろう。だが、本作において提示される日常の亀裂は、しばしば異様な深さを帯びて、読むものをたじろがせる。本作が時に「ホラー小説的」とも評されるのは、こうした性格に起因するだろう。

ここでは具体的に、「理想の結婚」を求めようとした夫婦を描く二編に目を向けてみよう。

「おしどり」では、山本が言うところの「恋愛体質」（山本文緒『結婚願望』角川文庫、03）の女性の語りを通して、他人にうらやまれる〈おしどり夫婦〉である兄夫婦の姿が描かれる。そこで語り手〈私〉が見出すのは、ともに不幸な家庭に育った兄夫婦が、〈平凡でささやかな家庭〉を理想として抱き、多くの無理を抱えながら、〈幸福な夫婦〉として振る舞おうとしていたということだ。そしてこの夫婦の関係は、特別なきっかけもなく、あるとき大きな裂け目を静かにさらけ出すことになる……。終盤で、義姉の〈いずみさん〉は〈私〉に向けて、〈上辺を繕う努力もしなくなったら、何もなくなっちゃうのよ。形をつくれば中身は後からついてくるかもしれないじゃない〉と言う。幸福な夫婦という〈形をつくる〉努力を通して、それにかなう〈中身〉を生みだそうとすること。こうした痛ましくも切実な兄夫婦のあり方に接した後、〈私〉は結末部で、思いがけない行動を取る。〈新鮮味を失った〉という理由で一方的に振り、その後陰湿なストーカーと化していた元の恋人に自ら歩み寄り、〈人を愛したその先には、もしかしたら奇跡が待っていることがあるのかも知れない〉という思いとともに、〈ごめんなさい〉と口にするのだ――あたかも、〈人を愛しつづける〉という目的のもとで、〈愛〉の内実（対象や自分の感情）自体が不問にされてしまったかのように。

この展開の独特さは、海埜ゆうこによる本作のコミカライズ『紙婚式』（祥伝社、03）との対比からも、くっきりと浮かび上がる。海埜によるマンガ化は、部分的な省略と再構成を交えつつ、基本的には細部に至るまで山本の原作に忠実に寄り添うものだ。だが、そうしたマンガ版にあって、結末部にしばしば大きな変更が見られることは注目に値する。マンガ「おしどり」では、主人公が元・恋人の男に謝った後、男は何も言うことなく立ち去り、先に挙げた〈人を愛した…〉という言葉はその後に、具体的な相手を欠いた思いとして提示される。これは、山本の原作へのわずかな追加により、多くの読者にとって受け入れやすい結末にする巧みな操作だと言えよう。だが、こうした調和的な結末から遠い不穏さにこそ、山本の小説の本質はあるのだと思われる。

さて、この「おしどり」とは対照的な形で、結婚の理想とその挫折を描いているのが、先に挙げた表題作「紙婚式」である。同作に関して興味深いのは、二人の関係に決定的な裂け目をもたらすのが、〈俺は女房を養う気なんか全然無いよ〉という夫の言葉だったことだ。〈女房を養う〉とは、もちろん旧来の家父長制的な性役割分業を示唆する言葉であり、そうした関係を拒絶することは、二人の結婚にとって当然の前提であったはずだ。だが、もはや相手への感情を失った結婚十周年の時点にあって、その言葉は、二人の結婚がいかなる支えも必然性も持たないものであることを、あらためて白日の下にさらすものとなる。その後、二人は同居をやめることを選ぶ。しかしその際、夫は婚姻届を出すこと――完全に途切れつつある夫婦関係を、かつて笑い飛ばしていたはずの制度の支えによってつなぎとめることを提案する。

以上の展開を共有しながら、小説と海埜のマンガとは、やはり結末において大きな違いを示している。マンガ版は、〈手をつなぎ続けることは／こんなにも困難で／でも／誰かと手をつながずにはいられないなら／それならば――〉という思いとともに、主人公が印鑑を探し始めるところで終る。だが、山本の小説はそのような前向きな結末を持つことはなく、結婚を続ける積極的な根拠を見いだせないまま、印鑑を手に〈いつまでも途方に暮れて〉いる〈私〉の姿を提示して幕を下ろす。

翻ってみれば、本作の主人公たちは、「秋茄子」一編を例外として、結末にいたっても安定した帰結に辿り着くことなく、ためらいや宙吊り、あるいはどこにたどり着くのかわからない言動を提示するような地点で終わっている。それは、この短編集が結婚生活の中の特別な事件ではなく、他者とともに生きつづけるという過程そのものに光を当てるものであることと対応するだろう。たとえそれが〈不確実で不毛なもの〉（前掲『結婚願望』）であろうとも、愛する相手とともに生きることを求める人のありように対して、安易に救済することも裁断することもなく寄り添い、その困難を微細にとらえ続けること。本作に含まれる残酷さと密かな肯定性は、こうした山本のまなざしを鮮明に物語っているのである。

（弘前大学教育学部専任講師）

「恋愛中毒」――這い寄る「狂気」――

鈴木杏花

水無月の語る回想の物語は、内容が時系列順に並んでいない。これがもし過去の恋愛記録としてのみ描かれるのであれば、出来事の起こった順番に並べ替えた方が効率的に内容を対象人物に伝えることができたはずである。なぜ彼女が「過去」と「大過去」が混在した語りをするのかといえば、自分の口から出たある言葉に対してまた別の出来事が連想されるためであろう。彼女の語りは一見冷静に自分の過去を叙述しているようでありながら、あくまでも現実世界でわたしたちが会話をする時同様にその時その時の意識が反映され、脱線と修正とを繰り返しているのである。本作は出来事を語る以上に、彼女の感情が次々に展開されていく。誰にでも身に覚えのある感情を、あたかも水無月という女性が自分と対座しているかのような錯覚のなか語られるため、読者――殊に女性読者――は彼女の心理に否応なく寄り添わねばならないのである。

一章に語られる水無月と作家創路の出会いから男女関係へという物語は、離婚して傷心の女性の前に、名声という白馬に乗った王子が現れるという、あたかも遅咲きのシンデレラストーリーのようでさえある。舞台はどこにでもあるような〈商店街〉の弁当屋から、創路の住む〈高級住宅街〉、そして〈南の島の別荘〉のようであり、彼女の住むコーポと勤め先の弁当屋を見おろす創路の邸宅、〈平日の昼間からタクシーで〉乗り付けた寿司屋、さらには高層ホテルの〈広々としたツインルーム〉と移り変わり、それまで彼女がいた日常からかけ離れた場所へと移動してゆく。めまぐるしく変わってゆく自分を取り巻く環境に動揺しつつも、創路との夢のような一日について〈欲を言えばせめて半年ぐらいかけて、出会いから別れまでを経験したかった〉と涙する水無月の姿に、彼女を介して非日常的な夢を見る読者も少なからずいたのではないか。ともすれば、それは作者の仕掛けた恐怖の罠にかかったも同然であった。

〈いつものようにワンコール鳴らしてすぐ切った（……）彼はいつも一回鳴って切れてしまう悪戯電話の犯人が私だときっと分かっているはずだ〉にはじまる、繰り返される水無月のいたずら電話にあらわれる異常なまでの元夫である藤谷への執着。そして水無月と同じく創路の愛人兼、事務員を勤めていた陽子が彼女に言い放った〈「みんな知らないとでも思ってるの？　あなたなんか執行猶予中なんでしょう？」〉という台詞。

読者ははじめ、「愛情」という麻薬によって我を忘れて異性に尽くし過ぎてしまうありがちな女性像を彼女に見ていたはずが、徐々に明らかになる水無月の「異様さ」によって、なし崩し的に彼女へ懐疑の眼を注がざるを得なくなる。

そしてここから作者は追い打ちをかけるかの如く、その懐疑を確実な「狂気」として読者に突き付けてゆく。彼女が元旦那の不倫相手に行った度重なる嫌がらせと、それによって受けた執行猶予判決。そして奈々を監禁したことによって受けた二年半の実刑判決。殊に奈々の監禁については、あまりに突然の出来事ではなかったか。〈プライバシーガード〉という名の内締鍵はいつの間に購入したのだろう、奈々が家に来る前に彼女はスーパーマーケットに買い出しにでかけているが、その模様は〈根野菜や鶏肉や調味料や、和食に必要な材料をごっそり買い込んだ。リカーコーナーでは若い子が好きそうなワインと日本酒を二本ずつ買い、そのスーパーには大きな書店や日曜雑貨の店も入っていたので、私は奈々のために初心者用の和食の本とエプロンまで買ってやった〉と、まるで自分の娘か妹にでもしてやるかのような親切心に満ちたもののように見えた。その落差も手伝って、監禁事件を起こす水無月の姿は犯罪者として読者に迫る。

さらに、彼女の「狂気」はその罪の意識の欠落にも表れている。第一に、執行猶予判決に対しては〈どうして私だけが罪を被らなければならないのか分からなかった。反省したふりをして、罪を償うと口に出して誓ったりもしたけれど、心の奥底では悪いのは私だけだろうかと釈然としない思いでいっぱいだった〉と感じている。第二に、実刑判決を受けた彼女は〈けれど、一番つらかったのはものを考える時間が十分過ぎるほどあったことだ。私は何も考えたくなかった。反省なんかしたくなかった〉と述べている。そして最も不気味に響くのが、執行猶予中の彼女が荻原の携帯電話から藤谷に電話をかけるシーンである。〈執行猶予が開けるまであと半月だ。夫にそれを伝えたかったのに、彼はどうして電話に出てくれないのだろう。どうしたらいいか教えてくれるまで、私は電話を切る気はなかった。だが、握りしめた携帯電話は最期の悲鳴のような電池切れの発信音をたて、やがて死んだように冷たくなっていった〉——彼女にはどうして藤谷から拒絶されるのかが分からない。そして未だに彼を〈夫〉と呼ぶ。彼女は自分の罪を自覚することができず、また自分の「狂気」にすら気づいていない。したがって、これまで語られてきた彼女の罪も、狂気も、水無月自身の共感を得ることなしに、彼女の独白を聞き続ける読者へと突き付けられるのである。

時に彼女に同情し、時に憐れみながら本作を読み進めてきた読者は、これまで語られた言葉のすべてが「狂気」の犯罪者によるものであったことを受け慄然とするだろう。作者は創路をめぐる泥沼愛憎劇の傍ら、読者のすぐそばまでその「狂気」を這い寄らせていたのである。

水無月の過去が語られたのち、「ending」で作品内の時間軸は井口と水無月が対座している現在へと引き戻される。しかし現在の時間に戻ってもなお、語りの主導権は水無月が掌握したままであり、「introduction」において語り手として登場したはずであった井口は、読者の代わりに彼女の言葉を聞くばかりである。

そして、井口の目を通して読者が見せられる光景が、〈オープンカーの運転席に乗り込ん〉でゆく水無月の姿であり、過去の物語として語られた内容が今もなお進行しているものだということを知らされる。

〈私が私を裏切ることがないように（……）かつてそう強く決心したはずだったのに私は同じ過ちを繰り返した〉と語った彼女は、井口――そこに投影される読者―の目の前で、またしてもその〈決心〉を裏切ってしまう。執拗ないたずら電話も、悪質ないやがらせも、監禁も、彼女にとっては贖罪すべきものと思われなかった。しかし、やめようと思ってもやめることができないという「中毒」症状こそ、彼女の自分自身に対する後ろめたさを喚起させている。

盲目的な恋愛の先に、恐ろしい結末が待ち受けている。そんなストーリーを私たちは往々としてドラマで、時に小説で、もしくは実体験で見聞きするだろう。本作もまたそんな恋愛ストーリーを描いたものの一作に数えられるものであろう。しかしこの作品の恐ろしさは泥沼愛憎劇に留まらない。作者は水無月を限りなく読者に接近させたうえで徐々に彼女の「狂気」を露呈させるよう仕組んだ。さらには「introduction」において井口の目から見れば家族思いで良心的でさえあるように思われた荻原も水無月の「狂気」から逃れられない〈運命〉に巻き込まれた人間であった。さらに、執着心の強い彼女のいやがらせから逃れるために井口が助けを求めた先にあったのは水無月の「狂気」であった。

「狂気」は何気ない日常のなかに、あなたのすぐとなりに潜んでいるかもしれない。作者の緻密な計算は読者をも巻き込んだ恐怖体験を見事に演出したのであった。

（明治大学大学院生）

『落花流水』──落花を流す水／流水の削る岸──

原　善

『落花流水』（99・10）は、直木賞受賞作『プラナリア』（98・10）と『恋愛中毒』（00・11）に挟まれたところに位置づき、刊行翌年山本周五郎賞の候補作にもなった、山本文緒の最も油が乗り切っていた時期の作品である。嫌な女を書かせたら彼女の右に出る者はいないのではと思わせる山本文緒ならではの、〈ちょっとうさん臭いおばさんの身の上話を思いっきり聞かせられてしまったみたい〉（横森理香「週刊文春」99・12・2）な、〈絶望と破滅願望が混ざりあった何ともすさまじい〉（イッセー尾形「週刊朝日」99・12・17）まさしく山本文緒的な作品である。

ところで〈落花流水〉というタイトルは、その美しい響きからか、古くは川端康成の随筆集に始まり、谷崎潤一郎の義理の娘渡辺千萬子の回想記、中森明菜のシングルや真田一輝による四コマ漫画集まで、ジャンルを超えて幾つもの作品で採られている。〈落花流水〉の〈物事の衰えゆくことのたとえ。時がむなしく過ぎ去るたとえ。別離のたとえ。〉という意味には前二者が当てはまるが、〈男女が互いに慕い合い、愛し合うこと〉という意味には松本隆作詞のなかなかに濃い明菜の歌詞が当てはまろう。そして山本文緒の本作も、まずは二つの意味の後者を描いたものと言え、見事にそのドロドロの〈落花流水〉ぶりを描いて余すところがない。

何がドロドロかと言えば主人公手毬やその母律子の男遍歴が凄いのである。手毬の場合には母と違って自由に男を渡り歩いたりしたわけではないのだが、夫と実子を残して家を捨ててしまう生き方を二代に亘って繰り返してしまう在りようといい、ともかく強烈なのだ。姉だと聞かされていた実の母律子に突然引き取られて、母だと思っていた祖母の家から連れ出された手毬の七歳の時を、隣家に住んでいて仲良くしていた、アメリカ人の母を持つマーティル・ウィルソン十二歳の目から描く第一章から『落花流水』は始まる。やがて再婚した律子は手毬の結婚が決まった時に家を出てしまい、手毬は手毬で三十年ぶりに訪ねてきたマーティルに連れられて家族を捨てて家を出てしまうのだ。しかしマーティルとも別れた手毬は、三回目の結婚相手の（元オーナーの）老人とも死別し、家政婦をしながらの一人暮らしの中でアルツハイマーを発症し、最後には施設に入院してしまう。その六十七歳の手毬を娘の姫乃の視点で描く最後の章までの全七章から成る短編連作集が『落花流水』である。

先にも引いた同時代評の二つが共に〈女の一生〉という言葉で評した手毬の人生は、上記のマーティルと姫乃の二人以外に第三章の母律子、第五章の（母の再婚相手の連れ子である）義理の弟八木正弘、という二人の語り手によって語られる奇数章が手毬の語る偶数章を挟む形で語り継がれることで、そもそもが平板でない人生がさらに立体的に描き出される仕組みになっている。こうした視点／語りを交換して展開する作品は山本文緒が最も得意とするところであった。たとえば「ネロリ」（『アカペラ』08・7）では、病気を患う弟を抱えて婚期を逸しつつ五十歳手前で初めての恋愛をしている楢崎志保子の視点と、弟のガールフレンドでありながら実は志保子たちの実父の義理の孫の（つまり義理の叔父・姪関係になる）心温《ここあ》の視点とが交互に入れ替わっていた。その変換が場面ではなく章ごとになっているのが、二人（?）の蒼子の一人称語りの『ブルーもしくはブルー』（92・9）などであるが、それが二人の交換ではなくより多い人物によって為される（他作家で言えば桐野夏生『リアルワールド』のような）ものとして、本作はあるのだ。出発期は長編を主としていたものの、『ブラック・ティー』（95・2）以降テーマに沿った短篇連作を得意としてきた彼女にとって、全体は長編でありつつ、各章で視点を変えて短編連作として構成される、本作のような形式は最も体になじむ方法だったのかもしれない。

その複数の語り手が一つの家族であるという作品には新井素子『もいちどあなたにあいたいな』や（なんといってもその代表である）福永武彦『忘却の河』があるが、本作も実は（複雑な人間関係の中で見えにくくなっているが）鳥瞰的に見れば各章の語り手は皆手毬の家族（一番目の夫になる初恋の相手・母・連れ子同士の弟・最初の夫との間の娘）であった。〈また苗字が変わる、と私は思った。〉（一。以下引用した章の数字のみ示す）という手毬の思いが描かれているが、手毬の苗字が毎回（飯塚→新島→八木→渡辺→ウィルソン→中村と）変わっていくところがまさしく彼女の人生の波乱万丈ぶりを反映していると言える。

ところで、〈時代も事情も違うが、私がやってきたことと同じといえば同じだった。血は争えないわねと私は苦く笑った。〉（三）と母律子に語らせている本作は、〈血〉の流れとしての家族がテーマの作品であるかに読めてしまう側面も確かに持つが、少年時代のマーティルの幼女好きが正弘の姫乃（そして手毬とマーティルの間の娘グミ）への愛（や誘拐願望）で反復されるように、実は（後には義理の兄弟にはなるものの）血は繋がっていない兄から弟へという性状の伝染（？）もあり、決して〈血〉の力だけが描かれているわけではないのだ。そもそも夫婦は血が繋がらない他人同士であり、その他人を繋げるのがまさに〈落花流水〉であった。しかし、第三章に律子の感慨として〈岸辺にたどりついたはずだったのに、いつの間にかまた沖へ出てきてしまったような気がする。〉（三）という言葉があるが、その〈落花流水〉という男女の交情が、まるで花を流す流水が大地を蝕み〈岸〉を削ったり岸辺に腐った花を淀ませたりしていくように、その男女の周囲の家族をはじめとした人間たちを翻弄していく、その様を描いた物語でも本作はあるのだ。そしてその流れは時折り奔流となって血の流れにまで逆り、（元祖落花流水的川端康成もその《豐血》の中で疑似的近親相姦を大きなモチーフにしていったように、本作でも）〈「私、お父さんと寝たことあるよ」〉（四）という手毬は義理の父八木と結ばれ、その息子八木正弘と義理の姪（義姉手毬の娘）の姫乃も〈淋しさのあまり初潮が来る前だったのに兄とセックスし〉（七）てしまうという、（まるで川端『千羽鶴』のような）おどろおどろしい様相まで見せてしまっている。

そうしたドロドロの手毬の人生は一見不幸な人生であるかのようにも見える。しかし〈大好きな家族から愛されて甘やかされて、幸せいっぱいの少女が落ち込んでいる姿を見ていると、少し腹が立ってきた。これ以上何の不満があるというのだろう。〉（一）と始まる物語が、〈「ぼけた方がむしろ幸せ」という言葉を思い出す。祖母はそういう意味では、母よりも不幸なのかもしれない。〉（七）と締めくくられる作品の中からは、〈幸福であるか不幸であるか、以前はよく考えたのに、最近はあまりそういうふうには物事を考えなくなっていた。〉（三）、〈不幸だったと勝手に決めつけられたのが私には涙が出るほど悔しかった。〉（四）、〈こんな場所で姉が本当に幸せに暮らしているとは思わなかった。〉（五）、〈神様は私に罰を与えたつもりかもしれないが、私はここのところ毎日のように続く不思議な幸福感に浸っていた。〉（六）という具合に、傍目の幸福／不幸という二元的な見方を相対化していく言葉を随所に拾うことができる。あるいはそこにこそ本作のテーマがあるとも言えよう。

しかもその手毬の七歳から六十七歳までの六十年間の人生は、たとえば十七歳の手毬から語られていた第二章の後の第三章では二十七歳になった手毬の姿が四十四歳の母律子の目から語られていくように、先に見た語り手の変換は十年ごとに行なわれていた。その十年とは〈どうしても我慢できなくなったら逃げようと思いつつ、いつの間にか十年がたってしまった。〉（三）とあるように、〈時がむなしく過ぎ去る〉表われとしての節目だったのであり、そのことで幸と不幸の相対化も際立つ仕組みになっているのだ。その意味で本作は、先に見た〈落花流水〉という言葉の二つの意味の両方を見事に体現した意欲作であったと言えるのである。

（近代文学研究者）

『プラナリア』――「どこかではないここ」に浮遊する魂――長谷川　徹

短編五作からなる『プラナリア』は、二〇〇〇年十月に文藝春秋から刊行され、二〇〇五年九月に文春文庫に収められた第一二四回直木賞受賞作品である。収録作品の初出は、「プラナリア」（「小説現代」99・7）、「ネイキッド」（「小説新潮」00・3）、「どこかではないここ」（「オール讀物」00・2）、「囚われ人のジレンマ」（「オール讀物」00・8）、「あいあるあした」（「オール讀物」00・10）となっており、まさに《世紀末》の日本において書かれ、《平成不況》を生きる現代女性の心の空漠さや、揺り動かされて定まらない《アイデンティティ》の、あてどなく浮遊する様を切り出した作品である。

本作に描かれる女性たちは、自分なりに懸命に生きてきたはずなのに、理不尽な出来事によって思いがけない隘路へと追い込まれている。それは、それまでの生き方を否定される経験であり、一気に〈負け組〉に投げ出されることでもあった。その内面は、地に足を着け《ここではないどこか》を夢見ない――というのではなく、不本意な現実に縛りつけられて、《どこかではない今ここ》にある日常現実に視野を限定されてしまっているようにも思える。彼女たちの剥き出しの魂は、扁平動物プラナリアのように、どこを切っても、血が出るわけでもなく、等しくうつろなままに再生されつづけていく。

山本は、そうした《魂の処方箋》を索めて現代社会に彷徨する人々の輪郭を、軽やかながら、シビアに塑像するのである。

「プラナリア」に描かれる上原春香は、一昨年に乳がんのステージ4となり、医者から否応なしに右胸の切除を迫られる。激しく打ちのめされるなか、恋人には逃げられ、職場復帰も行き詰まって会社を辞め、以来無職をつづけている。手術で再建した乳房には、彼女の空虚さを象徴するかのように乳首がないままである。交際している四歳下の大学三年生・豹介の愛情も、決して純度百パーセントではなく、しごく限定的なものだと感じてはいるものの、豹介に愛されていることだけが最終的な《決壊》を防ぐ〈支え〉なので、甘んじて受け入れ、対価のように体を提供している。

心の奥底には、自分の被った人生の不当さは未だ埋め合わされていない――という思いがあるのだろう。しかし周囲は春香を、もはやがん患者として見なしてはくれない。豹介にも、〈もう終わったことだろう。治ったんだからもうルンちゃんはがん患者じゃないんだよ。いつまでもそれに甘えてるなよ。このままずっと働かないで、俺んとこ嫁にいけばいいとか思ってんじゃないの?〉と言われてしまうが、春香にとってはなお《完治》とは言えないのであって、〈終わったこと〉にはされたくないという切実さを抱えている。慢性的な目まいや吐き気、疲労感があるし、不眠にも悩まされている。通院しているのは大病院なので、〈流れ作業〉の雑な採血と、たった五分の問診のために朝から四時間並び待たされるという、いわゆる《病気に集中して患者に着目しない医療現場》とも問題視されてきた、現代社会の疲弊構造のしわ寄せを直に受けている。春香の唯一の願いは、〈次に生まれてくる時はプラナリアにしてください〉というものであり、プラナリアのように自我を棄てて、思考停止と再生繁殖のオートメーションに乗っかる安楽さを手に入れることであった。

病を得て卑屈さや露悪癖が増し、自暴自棄な言動をする春香に、彼女をよく知る古い友人は〈手術を乗り越えたら春香も少しは変われるかもしれないよ〉と告げたが、〈結果的には、私は少しも変わらなかった〉し、ドラマじみた劇的な〈目覚め〉のようなものも、〈我が身には起こらなかった〉。乳がんを唯一の〈持ちネタ〉とし、〈アイデンティティ〉だなどとうそぶきながら、彼氏や母親、女友達とも微妙な摩擦を繰り返し、自分に救いの手を差しのべてくれた憧れの女性である永瀬さんにすら、彼女がふとこぼした〈次生まれる時も私は私がいいな〉という言葉に、あまりにも無媒介な自己肯定の安っぽさを感じて疎外感を抱いてしまう。他人や社会に対して不信感と反発しか抱けず、〈社会復帰してどこぞの誰かに知ったような顔で「大病したのに頑張ってて偉い」なんて言われたくな〉いと、悪循環な状況を自ら打開しようとする気はない。

むろん、嫌悪感や批判は自分にも差し向けられる。幼少期は共働きの両親に甘やかされて育ち、肥満児だったので苛められた。自分のずぼらさが低空飛行している原因だと分かってはいる。

〈会社を辞めたのは、ただ単にやる気をなくしたからだ。何もかもが面倒くさかった。生きていること自体が面倒くさかったが、自分で死ぬのも面倒くさかった。だったら、もう病院なんか行かずに、がん再発で死ねばいいんじゃないかなとも思うが、正直言ってそれが一番恐かった。矛盾している。私は矛盾している自分に疲れ果てた〉。

結局あらゆる撞着を打ち破る動力源を持たない春香は、実家への《パラサイト》という落ち着き場所を抜け出ることはない。

中条省平は本作を《働かない》若者たちの明るいニヒリズムを活写するルンペンプロレタリア文学》（「論座」、01・5）としたが、春香の鬱屈・低徊において、《働かない》ことを選ぶ不作為の意思と、社会復帰に萎縮して《働けない》でいる意思の不発との境は曖昧であり、彼女の《二重拘束《ダブル・バインド》》のその《あわい》に心理のイマジナリー・ポイントを置く賢明さは、本作の主題描写の信憑性を高めている。

ラストで春香は酒酔いで方向を見失い、居酒屋の店員に〈出口はどっちですか?〉と尋ねるが、〈遥か遠くの方〉を示されて終わる。《無職から社会復帰へ》という物語枠を外され、出口も解決も見出されないまま宙づりの場所に取り残されるのである。

ところで、労働の否定による人生の《無目的》は、日常の《つれづれ》を前景化させる。《無産者》としての無職・引きこもりは、現代的な《隠遁》とも、《人生を半分降りる生き方》とも言えるかもしれないが、であるとすれば、「ネイキッド」の泉水涼子（三十六歳）は、無職によって〈暇〉という新たな時間を発掘した女性である。

涼子は、二年前に夫から一方的に離婚を懇願され、勤めていた夫の会社も追い出されて、今はだらだらと日々を過ごしている。かつては働くことの好きな仕事人間であり、〈無意味と有意義〉の二分法のなかで、ひたすら自分の時間を〈有意義〉に使うことだけを考えていた。十代の頃から〈がむしゃらに前へ前へと、上へ上へと進みたかった〉彼女は、そうした迷いのない〈シンプルな精神構造〉を是認しつつ、〈人の気持ちなど考えずにいくシステム〉に則って脇目もせず前だけを見てきたが、離婚前に夫から〈さもしい生き方〉だと非難されて、呆然とする。

涼子が営んでいたのは雑貨業の商売であったが、《Time is money》に象徴されるごとく、もっぱら前のめりにはかどることを目論むのがビジネスの世界である。が、堅固だと思っていたその場所から降りてみたら、その下には〈暇〉という想像以上に楽な〈ぬるま湯〉が広がっており、かつての世界で得られてきた〈充実〉さは、いとも容易く相対化されていった。そしてもはや、〈私にはそこから浮上しようという動機や目的が見つけられなかった〉。社会人としての武装を剥がされ、〈ネイキッド〉になってみれば、たちまちにそうした《アイデンティティ》は無防備となり、人生の目的や意味がすなわち仕事であった者は、仕事を失えば生きがいも喪失してしまう。

〈暇〉とは〈動機や目的〉を持たない《つれづれ》であるが、それは人生の目的や意味といった目的的な尺度には位置付かない空白さであり、絶えずその都度の《生きがい》が生成する現場である。涼子の前には、時間を何かのために〈有意義〉に費やすのではなく、《つれづれ》をそれ自体として肯定するあり方が開けていたはずなのである。

だが中条が、『プラナリア』に描かれた女性たちを評して、〈世界と自分の不完全に気づく聡明さをもっていながら、その不完全さに居直り、開き直る厚顔さをも合わせ持っている〉とも言うように、彼女たちは自らが無謬でないことを承知しながら、目を向けるべきところから視線を逸らし、屈折しつづけようとする。

そして涼子も春香のように、やがて〈傷が治ったら立ち上がらなくてはならない〉ことに強い疑念を抱き、そうした社会的強迫を忌避する。しかし、外界や自他に対する批評の眼は、ただの居直りや厚顔からくるのではないように思う。

井上ひさしは直木賞の選評に、〈「なぜ人は働かなければならないのか」は、漱石の『それから』の代助以来の大主題〉であると述べている。『それから』において、いわゆる《無感動》あるいは《無関心》の《ニル・アドミラリ》として実社会を遠ざけ、そこでの労働を避けている代助は、自分を真鍮のように鈍いとしながらも、実際は〈人の感じえないことを感じる神経〉を持ち、それがために〈時々苦しい思いもする〉むしろ神経鋭敏な男として描かれていた。

涼子が実社会や、自分の〈暇〉を当てにして寄り集まってくる元同僚や親友たちに、時に剣呑な態度を取ってしまうのも、代助のような社会に対する激しい苛立ちと神経過敏さがもたらす、いわば《過剰感応》の顕れであって、〈三十六歳、無職〉に居住まうことによって実社会での労働復帰を否もうとすることは、人生の卓袱台を中途でひっくり返され、《立ち直り》への違和にふるえて已まない《魂の傷つきやすさ《ヴァルネラビリティ》》を何とか自衛・保護しようとする、一種の防衛機制であったのではないだろうか。

だが、そこにはつねに人間関係の《死角》があった。目的的な忙しさが《つれづれ》というゆとりへと解きほぐされたとき、涼子は、自分にしがみついている親友の幼い娘の体温を感じながら、今まで見逃されつづけてきた《死角》の存在に気づかされる。昔から変わらず傍らにいた幼少からの親友の存在にようやく思い至り、嗚咽をもらすのである。

（専修大学文学部非常勤講師）

『ファースト・プライオリティー』——和田季絵

『ファースト・プライオリティー』は二〇〇二年九月に幻冬舎より刊行、二〇〇五年六月に角川書店で文庫化された。三十一歳の男女を主な登場人物としてその日常が語られ、三十一の短編が並ぶ。三十一という数は、恋などの思いを形にする和歌のみそひと文字であったり、日常を区切る一ヶ月の単位であったりと興味深い数だが、人生に於ける三十一歳の意味合いとしては作中に次のようにある。

〈三十出たくらいの女っていいじゃないか。そろそろ迷いが吹っ切れて、腹がくくれてて、でもやり直しもスタートもできる歳だろ〉（「三十一歳」）

〈三十一歳の女はいい。ものがわかっている。〉（「三十一歳」）

これらは三十番目の作品「三十一歳」で、父と息子が三十一歳の女性を話題にした場面であらわれる。この短編集の終盤に置かれた言葉であることから、この物語におけるこの年齢の女性像の総括とも読める。また毎年続ける不倫の密会に新たな展開を試みる「嗜好品」のマサルや、自分なりの人生のルールを破って生きようとした同級生の苦悩にショックを受ける「ゲーム」の〈僕〉といったこの年齢の男性主人公たちについても、迷いとその先への予感といった点で範疇に含まれる。よって、先の言葉はこの物語における三十一歳の人間像と捉えることが出来るだろう。

こだわりを持って生きるというと格好よく聞こえもするが、この短編集で取り上げられるものには〈人が見れば笑ってしまうようなこだわり〉（文庫裏表紙）も見受けられる。第一話「偏屈」で世間話と社交の苦手な〈私〉は、耳栓をして会社の仕事をこなし、プライベートでは母親や恋人にさえ煩わしさを感じている。孤独をまぎらわせるためのお喋りをするくらいなら〈私は孤独でいい〉と思い、〈可笑しいときだけ私は笑う〉という〈簡単なこと〉に思い至る。確かに、人が見れば笑ってしまいそうな度を超した有り様なのだが、〈私〉の見解のみが綴られる一人称の語りが、読者を〈捜せばきっと耳栓をしなくてもいい場所がどこかにあるはずだ〉という主人公の側に引き寄せていく。第二話「車」で家を持たずＢＭＷで寝起きする〈私〉が、家があってもそこに居場所のない〈先輩〉の涙に舌打ちしたい気持ちを堪えている場面では、より深刻な状況にあるはずの〈私〉のほうが内面的には〈先輩〉より優位にある構図が示される。主人公が自身の置かれている危機的な状況にまだ鈍感でいられるうちは、一人称の語りがどこか倒錯した世界観に読者を導き、滑稽さを際立たせるほうに働いている。だが主人公たちは、孤独や安住の場所の欠如といった不安からいつまでも目を背けていられる訳ではない。今ここにある自分に〈違う〉（「夫婦」）という思いを抱かざるを得なくなるのである。

最優先事項があるということは、極端な場合それがないと、あるいはそれをしないと不安になるということでもある。漠然とした不安を抱えつつも、第九話「息子」までの主人公たちはどうにか折り合いを付け過ごしていく。〈ここではないどこかではなく、私の居場所はここ〉と思い定め〈何も考えず〉打たれた球を拾う「社蓄」の吉住や、最愛の息子にババア呼ばわりされ、全否定されたと嘆きながらもう一人子どもをつくろうとする「息子」の〈私〉などは、腹をくくって現状に留まる逞しさを感じさせる。

一方第十話には考えて行動しようとする主人公が登場する。自身を〈薬漬け〉といいながらそれにすっかり依存した生活であることには気付いていない「薬」の〈私〉は、生理が止まるほどの身体の異状に追い込まれてようやく現状に向き合い、〈将来〉について考える。そして病院へ行くという行動を起こすことで心身の危機的状況を打開しようとしている。〈同じように繰り返される規則的な毎日が好き〉といいながらそこに〈諦め〉や〈無力感〉を抱く「旅」の〈私〉も、旅先で同年齢の女将に出会うことで〈逃げるように〉〈何も考えないように〉してきた毎日の生活というものに向き合うこととなる。続く「バンド」において〈ハナ丸〉は、自分の身の置き所を〈バンド〉にではなく〈音楽〉に見出すことで〈未来〉に目を向ける。こだわる事柄に対する発想の転換が、主人公に新たなスタートを切らせるきっかけとなっている。

第十三話「庭」は、死者の遺したこだわりに残された者がどう向き合うかの物語である。遺物と共に生きるということは、そこにいた者の不在という圧倒的な喪失感から逃れることが出来ないということでもある。母親の趣味で飾られた家と庭は、そこが紛れもなく〈母の家〉だったということを、残された〈私〉と父に突きつける。咲き乱れる花の庭を前に、ここで暮らすのは〈何か違う〉と感じた二人の思いは、母の不在そのものへの違和感に他ならない。受け入れ難い現実から逃れようとするように二人は家を出て行こうとするけれども、涙を流すことを経てようやくこの家に住み続ける覚悟をする。二人が引き継いだ庭に繰り返し咲くであろう花は、母の不在よりも、確かに母がそこにいたのだということを告げてくれるだろう。主人公たちにとって、遺されたものの持つ意味合いが変化し、そこにある世界が変わったのである。

しかし、主人公が〈未来〉へのスタートを切る十二話、つらい現実を受け止め一歩踏み出す覚悟を決める十三話に続き、第十四話のタイトルが「冒険」となっているのは象徴的である。一歩踏み出した先にも思いも寄らぬことが待ち構えているからだ。そして第十五話「初恋」では、〈ひーさま〉を通して〈私〉の見ている世界は友人という第三者に相対化され、一人称の語りで読者に示される主人公に都合の良い世界観もまた眉唾物であることが暴露される。しかし「媚」「ジンクス」の主人公たちのように、ある事柄に対する解釈が人それぞれ違うからこそ受け入れられる場所に辿り着く場合もある。自分の生活の拠り所となる優先事項を一旦断つにしても（「禁欲」）貫くにしても（「空」）ままならぬ毎日は訪れるのだ。

自分を取り巻く閉じられた世界から飛び出してみることで、新たな展開は訪れる。第二十話から二十五話までの主人公たちは、さまざまな手段で今の状況を打開しようと試みる。そして第三十話「お城」では、唯一のこだわりであった部屋を賃貸からいよいよ持ち家にしようと決断し、〈私〉は猫と自分の〈お城〉を購入する。だが、夢の扉を開けた向こうにも容赦ない現実が待っている。〈私〉はそれでも〈落ちた川を泳ぐしかない〉と腹をくくるし、「当事者」「ホスト」の主人公たちも新たな局面に力強く踏み出していく。また「銭湯」の〈私〉のように、とりあえずそれまでのしがらみから抜け出して休息してみるというモラトリアムの期間も、人生においては必要であろうし、ひとつの勇気ある決断ともいえよう。先に記したように、最優先事項を持つということは不安の裏返しでもある。しかし最終話「小説」の〈私〉のように不安を孕む現実を受け入れたとき、そのこだわりこそが〈自分を動かす宝物〉として生の実感を呼び起こしてくれる。ここではそれがむしろ不安から〈私〉を〈解放〉してくれるものと受け止められ、だからこそ〈世界の色が変わった〉のだ。〈片思い〉と例えられているように、こだわることは恋することに重ねられている。人生の当事者である主人公たちを捕らえもし、解き放ちもする。三十一の物語の主人公たちのように、その御し方によって人生の色合いは違ってくる。（フリーライター）

『アカペラ』——関係性の病い——倉田容子

山本文緒『アカペラ』は、表題作「アカペラ」（「別冊文藝春秋」02・1）に「ソリチュード」（「yom yom」07・10）と「ネロリ」（「yom yom」08・3）を加え、二〇〇八年七月に新潮社より刊行された。同年八月号の「波」に掲載された刊行記念インタビューでも〈なにかに抵触しそうな関係〉と指摘されているとおり、三作はいずれもインセスト・タブーに触れるか否かという親族間の微妙な関係を描いている点で共通している。「アカペラ」では義理の祖父と孫の〈駆け落ち〉が描かれ、「ソリチュード」では従妹との恋愛を〈近親相姦〉と噂された上、父親に激怒され家出した青年が主人公となり、「ネロリ」では身を寄せ合って暮らす独身の中年姉弟と、その弟と淡い恋愛関係にある姪（正確には姉弟の異母妹の娘）との交流が描かれる。このうち明示的に禁忌に踏み込んでいるのは、民法において婚姻を禁じられた祖父と孫、叔父と姪の関係と言えようか。だが、〈十六になったらすぐ、結婚するってじっちゃんと約束したの〉〈もしあたしがヒデちゃんのそばにこれからもずっといたいのなら、こうやっておねえさんの面倒もみる日がくるのかもしれないな〉といった少女たちの健気な語りからは、制度への反逆や禁忌の侵犯といったテーマを読み取ることは難しい。物語の焦点は倫理や法との葛藤でなく、危うい均衡を保つ愛情関係と、その関係を生み出す土壌となっている、あるいは関係の内部に潜む、暴力にある。

表題作を中心に見ていこう。「アカペラ」は、中学三年生のタマコ（権藤たまこ）とその担任カニータこと蟹江清太が交互に視点人物となり物語が進行する。タマコの家は、パパは〈よそで子供までつくって別の家庭を〉持ち、ママは家出を繰り返す、〈問題のある家庭〉である。〈変わっているなりに問題もルーティンで、なにごとも繰り返されると人は慣れるってものです。ママの家出くらいじゃびっくりしません〉と語るタマコだが、その年齢不相応な自立心そのものが過酷な家庭環境を表していることが、〈十五のゴンタマは、母親に食い物どころか進路も生活も心配してもらえていない〉という蟹江の述懐や、タマコのアルバイト先である古着屋の店長姥山の〈泣くんじゃねえよ。あんたの十五の娘だって、この私に一度だって涙見せたことねえぞ〉というタマコの母親への罵声によって示される。繰り返される〈十五〉という言葉はタマコがまだ児童であることを再確認させ、放置虐待《ネグレクト》の可能性を印象付ける。さらに、この明示的な暴力の他に、愛情と見分けのつかないもう一つの暴力がタマコを支配している。最愛の〈じっちゃん〉との関係である。最近〈ボケはじめた〉という〈じっちゃん〉はタマコのことを最初の妻真子と思い込み、〈まあこさん〉と呼んでいる。〈まあこさん、おろしがねが見つからん〉〈トイレの電球が切れて入れない〉と電話で頻繁に呼び戻されるタマコを、友達のサーヤは〈じっちゃんに縛られてる〉と言う。さらに、当初は〈ちびまる子ちゃんと友蔵みたい〉な関係に見えた二人だが、ママが〈じっちゃん〉を老人ホームに入れると言い出したため〈駆け落ち〉し、宿泊先のラブホテルで〈コトに至った〉。

ママは後妻の連れ子であるため〈じっちゃん〉とタマコの間に血縁関係はない。またタマコ自身も〈ほんとにじっちゃんはほれぼれするほどいい男です〉〈できることならじっちゃん本人と結婚したい〉と語っている。だが、それらを考慮しても〈じっちゃん〉の行為は「児童虐待の防止等に関する法律」第二条二「児童にわいせつな行為をすること又は児童をしてわいせつな行為をさせること」に該当するだろう。ただし問題は、おそらく責任能力を持たない〈じっちゃん〉の加害性よりも、タマコ一人にケアが委ねられている状況と、そうした状況と不可分なタマコの思考にある。そのことは、「アカペラ」の原型である山本の少女小説を補助線にすると明確になる。前掲のインタビューにおいて山本は、〈実はこのプロットには〝元歌〟があるんです。デビューした直後の二十五歳ぐらいのとき、もっと短い形でこの話を書き、自分ではすごくいい粗筋を思いついたと思ったのに編集者にも読者にもドン引きされた〉と語っている。作品名は示されていないが、これは「別冊Ｃｏｂａｌｔ」（89・4・20）に掲載された「キッチンの大きな丸いテーブルに」のことと思われる。孫を恋仲にある女性と思い込んでいた祖父が末尾で認知機能を取り戻すという粗筋は「アカペラ」と同じだが、主人公の真琴に同級生のボーイフレンド（和輝）がいることや、〈じいちゃん〉は〈ボケがあんまりひどくなった〉ため長男の家を追い出されたこと、介護を通して家族の絆が生まれたことに真琴が感謝していること等、「キッチン〜」はホームコメディの要素が強く、末尾で明かされる真琴の〈じいちゃん〉に対する恋愛感情は「アカペラ」以上に唐突に見える。だがその唐突さを補う伏線となる次の語りには、「アカペラ」では後景化された問題の所在が端的に示されている。

あたしは和輝のことなんか別に何とも思ってなかったのに『今まで会った女の子の中で一番真琴が可愛い』と言われた瞬間、和輝がテレビのアイドルより輝いて見えたの。／好かれるって、気持ちがいい。

一章のこの語りは、〈じいちゃん〉に〈また襲われたっていいような気がするの〉という結末近くの語りと呼応している。〈好かれる〉という一点において、和輝と〈じっちゃん〉は真琴にとって等価な存在なのだ。こうした愛情への渇望をタマコの上に措定してみれば、〈血が繋がっていないことがわかったとはいえ、今まで祖父と孫として過ごしてきて、いくら仲が良くても事に至るような感情が湧くものだろうか〉と蟹江が訝しむ関係性の振幅の大きさも了解可能なものとなる。〈じっちゃん〉との関係に限らず、タマコの人物像は不統一な印象がある。叙述トリックと言えるほどの人物像の転換は山本がしばしば用いる手法だが、友人の前で見せる〈ちびまる子ちゃん〉や〈野生児〉の顔、アルバイト先での服飾の〈セミプロ〉の顔、性行為の場面で〈タマコはそれでもじっちゃんが大好きなのでした〉と語る孤独な少女の顔と、タマコの揺らぎは群を抜いている。この揺らぎはそのまま、重層的に暴力を内包する家庭環境のなかで解離的にならざるを得ないタマコの内面の表出のようにも見える。すなわち〈じっちゃん〉との関係は、根底に不安定さを抱え込んだまま、〈生きていく自信〉とその現実的なスキルを身に着けサバイブしていくしかないタマコの生を浮き彫りにする物語装置と言えるのではないか。

他の二作においても〝なにかに抵触しそうな関係〟は愛情と表裏一体の暴力を浮かび上がらせる媒体となっている。「ソリチュード」の春一は父親の暴力が原因で高校卒業間際に千葉の実家を飛び出した。父親は春一に家業を継ぐよう命令し、従妹の美緒との恋愛を知ると春一が気絶するまで殴打したのだった。だが、父の死の知らせを聞いて二十年ぶりに帰郷した春一は、初めて関係を持ったときの美緒と同年齢の美緒の娘一花を見て、〈一花のあの制服を脱がし、まだどこも丸みを帯びていない幼い彼女の体を征服する男がいたら、それが幾つのどんな男であってもおれは許さないだろう〉と、かつての自身の暴力性に気づく。「ネロリ」に登場する槙崎姉弟は一見すると暴力とは無縁に見えるが、虚弱体質のため一度も働いたことがないという三十九歳の日出男と、そんな弟を扶養し、〈会社を辞めたら、そばにいてあげられる〉と考える志保子の関係は共依存的だ。志保子の思考の危うさは、日出男のガールフレンドであり姉弟の姪でもある心温《ココア》がDVを受けながら〈なるべく先輩のそばにいて安心させてあげようなんてけなげに思ってた〉という語りによって浮き彫りとなる。日出男の面倒も見るという好条件の求婚に躊躇し、〈結婚するということは、私にとって握りしめているこの手を放すことだった〉〈私はあの子から離れることができるのだろうか〉と自問する志保子は、イネイブラーの可能性を秘めている。三作は軽妙な語りを基調としているが、そのユーモアは一層《愛》の歪みを際立たせる。

（駒澤大学講師）

『なぎさ』――終わらない／終われない――

三浦　卓

『なぎさ』（KADOKAWA 13・10、初出は「野生時代」11・7〜13・4に断続的に発表）の単行本の帯の裏面に〈苦難を乗り越え生きることの希望を描く、著者15年ぶりの長編小説〉とあるように、山本文緒にとって『恋愛中毒』以来久々の長編小説であり、小説の新刊としても中編集『アカペラ』以来5年ぶりということになる。

本テクストは海辺の街久里浜を舞台として、〈働きたくないわけではない。ほどほどに働きたい。〉というまっとうな思いを抱きつつも適した職がなく専業主婦として日々を過ごしている（佐々井）冬乃と、冬乃の夫である佐々井の会社の後輩で、恋人との結婚を視野に入れてお笑い芸人への道を捨て正社員として働く男性の若者川崎、の二人の視点＝物語が交互に語られるというのが基本構造となっている。

冬乃の物語は、疎遠気味であった元漫画家の妹菫《すみれ》が冬乃の住まいに転がり込んで来るところから動き出す。漫画文庫が一斉に出るゆえまとまった印税が入るという菫は、カフェを開くと言って冬乃に手伝いを要請する。妹の地に足のつかない提案に最初は爆発した冬乃であったが、結局厨房周りに関して「なぎさカフェ」の中心的な役割を果たすことになり、そこにそれなりの自分の居場所を見出していく。しかし、軌道に乗り始めたと思った矢先に菫にカフェを売却することを告げられてしまうのだった。冬乃の物語がとりあえずの起伏を持っているとすれば、一方の川崎の物語は堂々巡りの物語となっている。初めは、出社してもやることが無く佐々井と堤防で釣りをして時間を潰すような日々を送っていた川崎だが、かつて契約を切られた取引先のオーナー秋月に所長や佐々井と共に長時間の土下座を強いられた後に取引が再開すると状況は一変し、いわゆる「ブラック企業」で摩耗させられる下っ端社員の様相を呈してくる。秋月の飼っている馬やお得意様の世話といった規定の労働外での役割を課されて消耗して行く川崎の描写には読む側までも疲労させるような濃さがある。結局川崎は辞職し、次に「なぎさカフェ」で働くことになるのであるが、これもまた人妻のスタッフとの間にちょっとしたトラブルがあり辞めさせられる。テクストの最後では元芸人の卵仲間に勧められ芸能事務所の営業職の就職試験を受けに行くが、いずれにせよ自らだけでは制御しきれない出来事に巻き込まれながら仕事＝将来を定め切れない状況が反復され、その間に恋人とも別れてしまうのであった。

綾瀬まるは〈初めて帯に綴られた「夫婦」「元芸人」「ブラック企業」「姉妹でカフェ経営」「恋人以外の女性と関係を持つ」といった数々の言葉を眺めた時、ピンときませんでした。〉（「文芸あねもね　公式ブログ」内「山本文緒『なぎさ』クロスレビューその2　彩瀬まる」（http：//charity-d.jugem.jp/?eid=108、13・11・14、最終閲覧14・10・23））と述べているが、確かにこれらのキーワードからはいかにもありがちな「現代的」物語のパッチワークが想像されてしまう。しかし、綾瀬が〈「この登場人物がこの世をどんなものだと思っているか」が圧倒的なリアリティを伴ってくる〉とし、豊島ミホが〈今の日本だ〉（「文芸あねもね　公式ブログ内「山本文緒『なぎさ』クロスレビューその1　豊島ミホ」（http：//charity-d.jugem.jp/?eid=107、13・11・1、最終閲覧14・10・23））としているように、少なくとも本テクストを既視感の中に閉じ込めてしまうには慎重であるべきであろう。豊島は〈「こころ」を立たせるための脚としての〈「仕事」「お金」「自信」の三要素〉の〈バランスを崩したために立てない「こころ」〉を描いている点を〈今の日本だ〉の内実として捉えているが、一昔前の小説であれば「ごく平凡な」と形容されそうな登場人物たちがそれぞれぎりぎりのところでうまく「こころ」が立てていない本テクストへの評として得心行くものと言えよう。そしてそれははっきりとした理由が判らないにもかかわらずこの「世界」に対して自分が「しっくりとこない」ような表象として具体的には見受けられる。

冬乃の場合で見てみよう。冬乃と佐々井は長野の須坂での幼馴染で、後述する理由で故郷を離れて暮らしているが、冬乃は自分たちを〈日本中どこにでもいる、ありきたりでちっぽけな夫婦〉と自己規定し、〈健康で、体の痛みや明日のお米の心配ない日々をそっと回していければいい〉と考えている。にもかかわらず〈時折、帰る家もないのに、知らない家の庭に立たされてずっと中に入れてもらえないような気持ちになる〉というのである。〈どこにでもいる〉夫婦であれば存在するはずがないと想像される「世界」への帰属に関する不安に、自らの生の「しっくりこない」様子を見出すことは容易であろう。それは、妹が転がり込んでから〈菫に「姉は夫と寝室を別にしている」と思われたくない〉という理由で夫と同じベッドに寝るようになったというテクスト当初のみならず、開店に漕ぎ着けた打ち上げの席での〈いま私には居場所がある。そのことを百パーセント喜べない、後ろめたさがあった〉という感覚に至るまで、通底している。〈居場所〉の確保が「しっくりこない」不安を完全に解消しきれないところに豊島がいう〈いまの日本〉に関わる問題の根深さが表われており、それが描かれている点にこの小説の意義があるとも言えそうである。

そうであればこそ、冬乃の悩みが個別的な一つの点に収斂してしまっているのは、もったいない。冬乃の物語の一応の着地点は、長野を出ることになった原因でもある両親とのこれまでの関係性の清算と言える。両親を〈自分のものと人のものの区別がつかない、あさましい人間〉と規定する冬乃は、生活保護を受給しているにもかかわらず自分や妹から金をせびりつづける両親からキャッシュカードと印鑑を取り返したことにより気持ちが整理されてある種の癒しを得、菫をも許していく。このような形での物語の着地の仕方は、生活保護バッシングに加担してしまいかねないのみならず、せっかく紡いできた〈いまの日本〉の問題が、テクスト上では冬乃と両親との関係性という個別的な問題として解消されてしまう危うさを秘めていると言わざるを得ない。

但し、物語の最後の状況では冬乃も佐々井も「仕事」がない。つまり、一見冬乃の悩みが解消されたかに見える物語は、この先も困難が続く予感を残して閉じられて行く。一方、川崎の物語の最後はモリという人物に〈お前のように絶対ならない〉と捨て台詞を残すことによって閉じられるが、これはテクスト半ばに見える〈おれは兄貴のようにはならない〉の反復でしかなく、堂々巡りの反復が予感される。つまり、二人の物語は何も終わっていないし、一つの判りやすい障害を取り除いたぐらいではどうにもならない〈いまの日本〉の問題の根深さは、ともすると消化不良と捉えられかねないこのどうにも終わらない感じにこそ表われていると言えるのではないか。

最後に山本が〈二人がぐじゃぐじゃ悩むのを上から見下ろす視点を入れたら小説が立体的になる〉(「著者は語る　山本文緒」(「文芸春秋」13・12))ということで導入したというもう一人の視点人物について触れておこう。「なぎさカフェ」が軌道に乗って商品価値が上がったところで売却されたいきさつには、フィービジネス〈手数料商売〉を生業とするモリが一枚噛んでいるのであるが、山本によれば飲み会で〈『リアルビジネス、儲からない』と言い放った人〉に〈やな感じ〉を覚えた体験をもとにしているという。ある意味、冬乃や川崎が感じている生きづらさの原因となっている〈いまの日本〉を謳歌している典型的な存在である。単行本の帯の表には〈同じ悩みにそろそろ飽きろ。人生の登場人物を変えるんだ。〉というモリの言葉が採用されている。編集者がこの小説の方向性と対極にある人物の言葉を選んでしまっている点に、〈いまの日本〉に横たわる問題の根深さを最も感じさせられてしまった。

(大妻女子大学ほか非常勤講師)

『きらきら星をあげよう』——転校生という名の嵐——佐藤翔哉

本書は、集英社コバルト文庫シリーズとして一九八八年五月に発行された。コバルト文庫の編集者田村弥生は、菅聡子とのインタビュー（菅聡子編『〈少女小説〉ワンダーランド─明治から平成まで』一九九八・七、明治書院）の中で次のように語っている。

菅　表紙が勝負、というのは、やはりコバルト文庫からでしょう？

田村　ええ。氷室さん、久美さん、新井素子さん、正本ノンさんたちが出てきた頃です。あの方たちと一緒に、表紙についても、あれがいい、これがいい、と意見を言いながら決めていました。

〈表紙が勝負〉というコバルト文庫シリーズは、少女マンガを想起させる表紙を採用し、読者層を徹底して少女に絞り込んでいる。『きらきら星をあげよう』では、山崎博海が表紙・挿絵を担当している。山崎は、『きらきら星をあげよう』の表紙・挿絵を手がけるのに先だって、新井素子の『ブラック・キャット』シリーズと『星から来た船』の挿絵を担当している。また、山本は八七年に第一〇回コバルト・ノベル大賞佳作入選を果たしている。新進気鋭の山本と、経験を積んだ山崎の両者を結び付けたところに編集者田村の期待の高さも窺えよう。

さて、本書は吉田日和という高校二年生の少女がヒロインとして描かれている。父吉田天気の都合で静岡から東京へ引っ越すこととなり、日和は片思いの男子高生を静岡に残したまま東京の高校へ転校することになる。東京では、恋愛や学校生活など、静岡にはなかった様々な刺激的な事件が日和を巻き込んでいく――いや日和が巻き込んでいくと言う方が適当だろうか――といったラブコメディになっている。

転校先では、いきなり遅刻をすることになったかと思えば、モヒカンの男子生徒に絡まれたりと、日和は初日から散々な目に遭う。また、家に帰ると、母雪子は、父がいつまでもポルノ小説を書いていることに嫌気がさして家出をし、父も母を追いかけて出て行ってしまう。そこにモヒカンの男子生徒ら三人が押しかけてくるなど、急展開で物語は進行していく。この容赦ないドタバタ劇に読者を引き込んでいく役割を果てしているのが転校生という視点だ。物語の中心人物に転校生という視点が与えられることにより、日和が東京の高校へ転校し、未知の世界へと足を踏み入れていくのと同様に、読者もまた彼女と同じように新たなページを捲って物語世界へと足を踏み入れていく。さらに、小説内に止まらず、現実でも、もしかしたら近い将来、転校してこの小説で起こっているような未来が待っているかもしれないという期待感を読者に抱かせさえもする。『きらきら星をあげよう』において転校生とは、読者を登場人物に感情移入させ、現実においても夢を見させる機能を持った装置として働いているのである。言うならば、全国の少女誰もが吉田日和になり得る可能性を秘めているのである。

さて、日和は転校生として東京の高校にやって来たのだが、日和以外の人物にとって日和とはどのような存在なのだろう。主な登場人物は、モヒカン頭の山之腰琢磨、精悍な顔立ちをした林奈加里、パンク少女の大井ミチコ、そして大人しそうでいて垢抜けているスズキさんの四人だ。このうち琢磨、奈加里、ミチコは三人でよき友情関係を結んでいて、それぞれのキャラクターがうまく人間関係のバランスを保っている。琢磨とミチコは同じバンドのメンバーでもある。一方、スズキさんは一年生の頃に琢磨と恋愛関係にあったが、突然琢磨が髪型をモヒカンにしてきたことに立腹し、二人の関係はそこで途切れ、以降二人は絶交状態となる。日和が転向してきた二年生の二学期には、既にクラス内の人間関係の構図は出来上がっているといってよい。そのような中、日和の転校初日に次のような校内アナウンスが入る。〈「〝台風13号が関東地方に上陸の恐れがありますので、本日午後の授業は打ち切りにいたします。指示に従って、速やかに下校してください〟」〉。ここで言われている台風とは、ある程度形が出来上がってきたクラスの人間関係を掻き乱す日和自身をも示唆しているだろう。

転校初日、〈「日和ちゃん」「は、はい」「俺とつきあわない?」「は?」「レッツ・メイク・ラブだぜ」「はぁ」「地獄に道連れだぜ」フラッパー少女がぶーっと吹き出すと、ヘビメタ野郎もヒャハハハと笑う。〉と琢磨とミチコにからかわれる。すると、奈加里が登場し日和のことを助けに来たのかと思わせておきながら、〈「僕と交際してくれませんか」「は?」「絶対、妊娠させません」「はぁ」「地獄に道連れだぜ」ぎゃはっはっはとあたし以外の三人は笑いころげる。〉という具合に、不可解な三人組に圧倒される出会いから始まる。しかし、この台風転校生日和により、もっとも影響を被ったのは他でもない山之腰琢磨、林奈加里、大井ミチコの三者なのである。

琢磨は日和が転校してくるまでスズキさんのことを引き摺っていたが、日和の登場によって新たな一歩を踏み出すことになる。そのことによって、奈加里のことを好きなミチコも刺激を受け、少しずつ奈加里への気持ちをアピールしていく。そして日和の行動は、奈加里の恋愛感情をも揺さぶっていく。彼は、日和とポルノ映画を観に行った帰り道、琢磨と遭遇し日和との仲が誤解されるような発言をする。しかし、その後二人で琢磨を追いかけ、奈加里は次のように言う。〈「僕は琢磨が好きなんだ!!」〉しかし、日和が好きだと奈加里は琢磨に振られてしまう。謎の多い奈加里ゆえに、この台詞はいつまでも自分の気持ちをはっきりさせない日和に対してはっぱを掛けたとも考えられるが、最終章「きらきら星日和」で琢磨がモヒカン頭を剃ってきた時の日和との会話からも本気で琢磨のことを好きでいたと考える方が自然だろう。そして、奈加里は次のように日和に向かって言う。

〈「日和はある日突然やって来て、僕達三人を乱暴に掻き混ぜてくれたよ」〉これは台風のように突然やって来た転校生だからこそ、奈加里に言わしめた一言である。彼ら三人にとって、日和はそれぞれが大きな一歩を踏み出すきっかけを与えてくれる存在であったのだ。

最後に、タイトル〈きらきら星をあげよう〉について述べておこう。作中に同名のタイトルの童話が登場する。これは〈エロス小説家、吉田天気、童話に初挑戦！〉、〈絵、吉田雪子は著者の細君〉とあるように日和の両親天気と雪子の共同制作によるものだ。内容は、天気が雪子に天体望遠鏡を使って世界で一番美しいものを見せてあげたという天気と雪子のなれそめが元になっている。ある日、日和と琢磨が偶然立ち寄った書店で、日和がその絵本を見つける。そして、このことがきっかけでおとんとおかんのすれ違いが解消されることになる。娘のために、ポルノ小説を書いて稼いだお金で生活していきたくないという考えから離婚を決意し、職を探しに出て行ったおかん。初めは童話を書いていたが、ポルノ小説を書いているうちに〈大人だって子供だって、人の気持ちの揺れ動くところはいっしょだろ。パパにとってはどっちでも、人間を書いてるってことでいっしょなんだ〉と思うようになったおとん。日和は、ナカリの働く青山のゲイバーでの乱闘騒ぎの件で学年主任に呼び出された時に、おとんがポルノ作家だと知った。それから、おとんがどのような小説を描いているのか関心を持って奈加里と深夜にポルノ映画を観に行ったこともあった。映画を観て涙を流す奈加里を見て、日和もおとんと同じような感想を抱いたはずだ。日和はおとんのことを理解しようと努め、その思いがおとんに通じ、再びおかんと三人で暮らす生活が戻ってくる。おかんが居ない間、日和はミチコに家事のいろはをたたき込まれ、恋愛面だけでなく生活面でも大きく成長している。そして大きく成長した日和には、きらきら星が舞い降りてくるのである。

（関東国際高等学校非常勤講師）

「野菜スープに愛をこめて」――精一杯のおもてなし――

田村嘉勝

・「岬高校」の位置と社会の流通　主人公の「あたし」（大谷リン）、山野由美、朱美、そして吉沢妙子が入学した「私立岬女子高等学校」は勿論実在しない。しかし、京浜急行線で三浦海岸駅から一駅行くと終点三崎口駅に着き、そこからバスで十分、そこにはかつて「神奈川県立三崎高等学校」が実在した。今は校舎のみ往時の面影を残している。作品での「岬高校」を「三崎高校」がモデルであるとか、これら二つの高校を重ねてみることは一応差し控えておこう。それにしても「海が見えるキャベツ畑」も事実に近く、校舎からは東に東京湾、西に相模湾が見え、相模湾の彼方には富士山が見える。京浜急行線は三浦海岸駅まで繋がってはいたものの、三浦海岸駅から三崎口駅に線路が伸びたのは一九七五（昭50）年で、それほど古くはない。

作品世界は一九七五年以降と考えられるがもう少し時代背景を具体的に絞ってみよう。

「港のヨーコ・ヨコハマ・ヨコスカ」は、阿木燿子作詞、宇崎竜童作曲の夫婦による楽曲で一九七五年四月に発売。楽曲中に登場する「アンタ、あの娘のなんなのさ」は流行語にもなり、当然、ヒットした頃に幼少女期であった「あたし」たちもおぼろげながらある程度は口ずさむことができた。「あたし」は、由美から突然「横須賀というとなにを連想しますか」と言われ、咄嗟に「港のヨーコ」と答えてしまうその背景には神奈川県のご当地ソングとしての意味合いだけではないものがある。また、「ポロシャツの襟を立てて」、これはバブル時代後半に流行したファッションで、その後しばらく続き、今日でも時折街中で年配層に見受けられる。時代の名残を謳歌しているのであろうか。さらに、注目は「東京ディズニーランド」のオープンである。一九八三（昭58）年三月に開園したこの施設は瞬く間に人気を博し、子供のみならず大人も楽しめる場となった。当然「あたし」たちにしてみれば憧れの施設としてあった。三浦半島の先端近くに生まれ育ち、その三浦半島のはずれの田舎の高校に通う「あたし」たちであっても社会の流通をやや感じ始めて来ていたのである。

•「岬高校」一年生の興味と関心　「岬高校」一年生の四人とは、「わたし」（大谷リン）（血液型A型）、山野由美（O型）、吉沢妙子（B型）、そして朱美（AB型）である。偶然かどうか、四人ともみな血液型が異なり、語り手の「あたし」にとっては都合のいい人物設定である。「あたし」が血液型に関心を示しているかどうかは不明。しかし、各々四人を登場させることによって物語は展開していく。「あたし」は、これら登場人物には無頓着であっただろうが、「あたし」を操作する語り手が準備周到に筋展開を考えている。その語り手がこれら血液型に女子高校生ならば無関心ではないことを知っている。「あたし」を操作する語り手が生身の作者山本文緒であるとは断言できないが、彼女の発言に、「血液型による性格の違いっていうのは、本当は科学的には実証されてないそうです。（中略）でも、そうとはわかっていても、なんとなくAにはAの、BにはBの性格があるような気がします」とある。山本には当然根拠はないとはいいつつも血液型による性格の相違、また血液型による男女との相性なども想定していたはずである。本田伸（AB型）と由美（O型）の相性を見ると情熱的な恋愛感情を露わにする由美とややはっきりしない伸とでは彼女に不安を抱かせることになる。「伸さんに結婚してほしいって言ったら、まだそんなこと考えてないって言われた」と、明らかに血液型による性格の相違が語られている。そして、「あたし」（A型）の場合ではあるが、彼氏の帆狩太一も「あたし」同様A型である。血液型判断による相性「時間をかけてお互いの気持ちを確かめながら、着実に愛をそだてていく」という。物語内容から判断する限り、太一と「あたし」の関係は紆余曲折に関わりながらも作品最後では「彼の耳元で、長い間言えなかった一言を囁いた」と書かれている。

仮に、山本の思いが直接「あたし」を操作してはいないといっても彼女の血液型への興味関心がある「あたし」に語らせている以上無視できない。「岬高校」一年生の四人のさらなる関心事は恋愛である。すでに「チュー坊」の時から彼氏のいる朱美。彼氏と一緒に公立高校を受験したものの朱美だけが不合格でその結果私学の岬高校に入学した。そのため、入学後には、朱美は彼氏とあまり会えなくなり、時折人前でも「寂しそうな顔」をする。四人の中で一番無邪気なタアコ（吉沢妙子）は、先頃、彼女ら四人と一緒にディズニーランドに行った四人の横浜産業大学のうちの一人植田に乗り換えろという。微妙な朱美の心中を彼女は理解していない。

由美は彼氏である伸のアパートの部屋の鍵を持っている。後日、八人で夕食を済ませて由美と彼だけをアパートに残し、他は太一の車で帰宅をした。最後に残ったリンと太一は三浦海岸から夜の城ケ島に車を飛ばす。太一は伸に「九時まで帰ってくんな」と言われたという。太一は由美と伸の行動をある程度察していた。しかし、リンは理解できずにいたが意味が分かり「ちょっと赤く」なった。城ケ島に行ったリンは太一の唇によって自分の唇がふさがれてしまい、「好きだよ」と太一に耳元で囁かれる。リンにとっては初めての経験であった。

そして、恋愛の延長に結婚がある、あるいは恋愛は結婚の前提であると表現すべきか、この内容は高校生の恋愛観とでもいえるのか。由美は伸に結婚を申し込み、リンは太一に結婚を示唆する発言をする。この恋愛と結婚との認識にも隔たりがやはり高校生と大学生との間にはある。ちなみに「あたし」の語りを操作しているかもしれない作者山本は自身の体験として「私は結婚がすごーく強かった。何しろ、高校時代につき合っていたボーイフレンドに結婚してほしいと言って嫌われたことがある」とか「私は子供の頃から結婚願望が強かった」と語っている。山本の結婚に対する思いが内容を変えて由美の、そしてリンの恋愛と結婚との関係を作り上げているのか。しかし、作品内の二人の高校生の結婚と恋愛は山本の発言を待つ必要はない。もしかすると多くの女子高生が抱く恋愛と結婚に対する思いを二人は代弁しているのかも知れない。

・電車の効果―品川〜横浜・横須賀中央〜三浦海岸・三崎口　作品の時間背景でいう「ナウ」い場所とは、渋谷公園通りと芝浦のウオーターフロントである。しかし、彼女ら四人にその「ナウ」い場所に行く思いはない。「どこに行きたい？」／由美の問いに、あたしはつい正直に、「横須賀」と言ってしまった。／由美はあたしの顔を覗きこむと、「よ〜こ〜す〜かぁ？」／とお岩さんのように聞いた。」。小学五年の時東京に引っ越して、再度三浦海岸に戻ってきた由美にしてみれば「あたし」の答えとして横浜を期待していたであろう。だが「あたし」にとって横須賀はそれほどまでに行ってみたい地なのである。「あたし」には、「港のヨーコ」を想起するように横須賀と横浜とは連続する街なのであり、思うに横須賀に行けば横浜のにおいを嗅ぐことができるというものである。三崎口、三浦海岸に住む高校生たちが行ってみたい街なのである。高校生になり、できれば「岬高校」や三浦海岸近辺から離れてみたい、その思いが出始めたころに横浜産業大学生との出会いがあり、魅かれていく。恋愛もしたい、結婚もしたい、横須賀・横浜にも行ってみたい。伸との出会い、そして太一との出会いは自分たちの思いを叶える一要素にはなっていた。憧れの地である横浜、横須賀に乗り換えなしで行ける京浜急行線が三崎口駅まで延長することによって「岬高校」一年生の四人に新たな変革をもたらしたのである。「あたし」を操作しているだろう山本は何度も横浜・横須賀から三崎口、三浦海岸まで行った経験があるのかもしれないし、あるいは彼女の周辺には三崎口、三浦海岸出身の人々がいて、日常の会話の中にその人々の生活を嗅ぎ取っていたのではなかったか。「野菜スープ」は、「岬高校」一年生四人の精一杯のおもてなしであった。

（尚絅学院大学）

『まぶしくて見えない』――山田昭子

『まぶしくて見えない』は、山本文緒の文庫本三冊目となる作品で、会社を辞め、専業作家になって書かれた最初の作品である。一九八八年十月にコバルト文庫として出されたあと、加筆修正ののち、一九九九年三月に集英社文庫から復刊された。『きらきら星をあげよう』、『野菜スープに愛をこめて』に続いて書かれた本作は、これまでの二作品同様、四人の男女の物語である。

中学三年生である七生は泳げない。七生にとって、二十五メートルのプールは遠く、ゴールは〈日差しが眩しくて、よく見えない〉。タイトルである「まぶしくて見えない」というフレーズは、作中何度か用いられるが、それはこの物語の少女、七生が「見えない」少女であることに通じている。学校のプールで溺れてしまった七生と井戸川は、体育教師から夏休みの間に二十五メートル泳げるようにするよう命じられる。七生はお勉強上手の点取り虫子であったが、二年のはじめに転校してきた井戸川に一位の座を奪われて以来、井戸川を敵視していた。

七生という少女は、努力を厭わない反面、自分が〈本当に望んでいること〉はわからない少女である。それは文庫本一作目となる『きらきら星をあげよう』の日和が〈やりたいことなんて、なんにもない〉少女であり、二作目の『野菜スープに愛をこめて』のリンが〈なんでもいい〉で通してきた少女であることと共通している。〈よく、分からない。よく、見えない。自分が分からない。白い日差しが眩しくて、本当の事が分からない〉少女である七生は、いわば「見えない」少女として登場するが、そんな七生を「見て」いるのが井戸川という少年である。井戸川は、絵を描くことを好む少年で、一見大人しい七生に、実は情熱的な部分があることを見抜き、角が二本頭から生えた七生の似顔絵を描く。同時に、言いたい事をちゃんと言えたり、やりたい事をちゃんとやるという、七生のいいところを指摘するのである。この物語の最後、七生が〈もう憧れでもなんでもない、ただの灰色の校舎〉を坂の上に「見る」場面は、「見えない」少女が「見える」少年と出会うことによって、「見える」少女へと変わっていく様を描き出している。

友人のテルコとともに、有名私立高校である越光高校に絶対入れてくれると評判の「スベラアズ塾」に通うことにした七生は、塾の初日に男女のカップルを見かける。七生は、思わず男の外見に見とれ、胸の高鳴りを覚えるが、塾の講師として現れた男こそ、樺木と名乗るその人物であった。七生は同じ塾に通う井戸川の、学校では見せない一面を知り、異性として意識するようになるが、物語は七生の樺木に対する恋心へと傾いていく。樺木に越光に入りたい理由を尋ねられた七生は、自分の心の内を初めて告白し、樺木は「僕もそうだったから」と慰め、「二人で頑張ろう」と七生の手を取る。その出来事は二人の距離を縮めるとともに、共通の目的を抱かせることにもなった。夏休み、樺木の別荘での合宿に参加した七生と井戸川は、樺木が怪しい電話をかけているのを目撃する。七生は、別荘番であり、樺木の家のお手伝いとして働いていたユカリから、成績至上主義である両親のせいで、妹のノブが死んだと樺木が思い込んでいることを知らされる。同時に、樺木の飼っているオウムの名前が〈ブーちゃん〉であることから、妹の名前との関連に思い至り、「僕もそうだったから」と言った樺木の言葉を思い出す。

この物語で最も気になる存在は、この樺木という青年であろう。樺木の存在は、七生にある変化をもたらしている。七生は母との喧嘩を初めて経験するが、そのきっかけこそ、樺木から預かった一羽のオウムであった。実は母と娘の物語は、それまでの山本作品に共通して書かれているテーマでもある。『きらきら星をあげよう』は母の失踪の物語であったし、『野菜スープに愛をこめて』では娘の自立をめぐる母との衝突が描かれている。本作が特徴的なのは、母が娘にとって乗り越えるべき存在として用意されていたということである。七生にとって母は〈憧れであり理想の女性〉である一方で、〈ちょっとした畏敬の念〉を抱かせる存在でもあった。オウムをきっかけにもたらされた母との喧嘩は〈あたし、お母さんの他にも大事なものがこんなにあるんだ〉という気付きを七生に与えたのである。

クリスマスイブの日、七生たちは樺木の家を訪れるが、テルコと井戸川は酔いつぶれ、七生と樺木は二人きりになる。樺木は、成績など関係なく、〈俺はノブが大事〉なんだということを〈伝えることができなかった〉ことへの後悔を告げる。その後悔の念こそが樺木に塾を開かせた動機となったのだ。樺木は七生に自身の妹を何度も重ねている。「ヤバい物はロッカーに隠すといい」と冗談めかして七生に告げる樺木が例として挙げる〈出せなかったラブレター〉は、〈伝えることができなかった〉妹への恋心をほのめかすものであったのではないか。七生を抱き寄せ、口づける樺木の言動は、妹への叶わぬ想いを満たす代償行為と読むこともできよう。だが、二人が最も接近する場面は、むしろ七生の挑戦的な態度によって展開されていく。

「いや、本当にあと五年もしたら、すごい美人になるよ」

七生は樺木の顔をじっと見た。

「じゃあ、あと五年たったら恋人にしてくれる？」

樺木は黙って七生を見詰めた。

七生も樺木の顔を挑戦的に見返す。

樺木は七生の質問には答えず、七生の背中に両手を回すと、強く抱きしめてソファに押し倒した。

樺木と長い口づけを交わした七生は、樺木を可哀そうに思い、樺木への自分の想いを再確認する。だが、実は樺木は七生と井戸川以外の生徒の親から多額の金を受け取る代わりに、裏口入学の斡旋をしていた。警察に捕まった樺木は姿を消し、テルコとも音信不通になり、七生の元にはオウムだけが残されるのである。

本作において、中学生である七生たちの中に、二十八歳である塾講師、樺木鉄平の存在は一見特異であるかのように映るが、山本が「Cobalt」において本作と同時期に描いた読み切り「真夏に切る髪」もまた、高校生である翠と二十六歳の青年五十嵐の物語である。七生が樺木に〈ああいう人になりたい〉という思いを抱くように、二作品に共通しているのは少女の抱く憧れである。同時に、「じゃあ、あと五年たったら恋人にしてくれる?」と挑戦的に迫る七生と、「ピアスの似合うショートカットの女の子になるまで、あと二年」と待ち続ける翠は、自身の成長を焦る少女である。憧れを生み、少女を成長へと駆り立てる恋の相手は、同級生ではなく、年の離れた異性である必要があった。

冒頭で述べたように、本作は山本がそれまでの仕事を辞め、専業作家になって初めての作品である。そのことは単行本のあとがきに書かれただけでなく、「Cobalt」誌上にも書かれており、山本の作家としての決意があらわれている。復刻版として出された単行本のあとがきでは、〈「どーせ駄目」だと決め付け〉ていながら、〈将来は直木賞がとれるような作家になりたいと密やかに思って〉いた当時の心境を振り返っているが、憧れ、成長を焦る七生の姿は山本自身の姿でもあったのである。樺木は七生にとって新しい世界を開いたが、長くとどまる存在ではなかった。つまり樺木とは、憧れの対象であると同時に未知なる世界を垣間見せる、一瞬のきらめきであったといえるのではないだろうか。

（専修大学大学院生）

『ぼくのパジャマでおやすみ』——鏤められるモチーフ——

杵渕由香

『ぼくのパジャマでおやすみ』は一九八九年四月、書き下ろしで集英社コバルト文庫から刊行され、のち一九九九年五月、集英社文庫より再刊された。デビューから刊行五冊目にあたる本書は、作者初の重版となった作品である。出版されたレーベルから、ライトノベルに分類される作品であり、一般文芸移行後の山本が〈今現在の私が書くものは、人が努力して見ないようにしているものを、わざわざ捜してきて広げてみせているようなものが多い〉（「ポップであるということ—巻末エッセイ」集英社文庫版あとがき）と名言する要素は見当たらないと考えることもできる。しかし大橋崇行が〈一九八〇年代以前の少女小説が常に一般文芸と接続し〉、〈少年向けライトノベルに比べれば圧倒的に一般文芸に近いものを要求されてきた〉（大橋崇行『ライトノベルからみた少女／少年小説史 現代日本の物語文化を見直すために』笠間書院、14・10）と指摘しているように、少女向けライトノベルと一般文芸の境界線は曖昧なものであった。その点を考慮すると、本作にも〈見ないようにしているもの〉が書き込まれているといえるのではないか。

高校二年生の佐藤ほずみと〈おたがいのかあちゃんの腹の中にいた時からのダチ〉である平光股一には、欲しい物が二つあった。それはバイクとガールフレンドである。二人は共にローンを組み、一台のバイクを購入する。そのローンを支払うために、ドーナッツ屋でアルバイトを始めるが、それはガールフレンドを手に入れるという目的も伴っていた。そのドーナッツ屋で同じくアルバイトをしていた桃久に二人は一目惚れし、〈先に射止め〉た方がバイクももらえるという勝負を始める。そんな矢先、桃久はアルバイトを辞めてしまった。そこで股一は諦めてしまうが、ほずみは勝負を続行し、桃久真冬と付き合うことになる。しかしそこからほずみの苦悩が始まる。バイトの先輩で、〈店長だって恐ろしくて注意できない〉〈脳味噌筋肉男〉である赤星の彼女が桃久だと発覚し、ほずみと股一は〈桃久を引っかけた男〉を探すよう赤星に命じられてしまう。ほずみは真冬に〈フタマタ〉をかけられていたと思い、ショックを受ける。ほずみは真冬に〈フタマタ〉のことを聞けず、股一に彼女ができたことも言い出せなくなり、自分のことを頼っている幼なじみのリオコにも、恋人ができたことを言えずにいた。〈優柔不断〉なほずみは、〈なんとか真冬もリオコも股一も傷つけず、僕も赤星に殴られないですむ方法はないもんかなぁ〉と都合良く考え、報告すべきことを先延ばしにしてしまっていた。しかし結局は、意図したこととは異なる形で真冬のことを二人に知られ、リオコを傷つけ、股一からは〈優柔不断〉を非難される。ほずみが真冬との関係を打ち明けなかったために、股一が桃久を〈引っかけた男〉だと赤星に誤解され殴られそうになるが、そこに桃久姉妹が登場する。

実は赤星が付き合っていた桃久というのは、真冬ではなく双子の姉である真夏のことだった。双子であることを利用して二人は交代でアルバイトをし、その入れ代わりの行動がほずみの誤解を引き起していた。確かに真冬の話の中で、〈お姉ちゃん〉がいることや、自分と似ていることについては言及されている。だが、このことが物語を動かす要素とはなっておらず、本作でこのモチーフは後景化している。この二人の女性が入れ代わることによって、物語が展開する要素が前景化するのは、『ブルーもしくはブルー』（92・9）である。

ほずみの〈優柔不断〉なふるまいから、一時は三人がほずみのもとから離れていったような状態になった。けれど物語の最後には、三人がほずみのところへ戻り、ほずみ、股一、リオコ、真冬の四人で新しい関係が築かれていくであろうことが示され、ハッピーエンドとなっている。この結末について山本は〈ハッピーエンドにもっていったのは、これが少女小説だったからという理由の他に、当時私はよくも悪くも「ポップ」であることを目指していたのだと思われます〉（前掲「巻末エッセイ」）と説明している。しかし冒頭にも述べたように、本作にも〈ポップ〉の枠には収まりきらないものが書き込まれている。

前述した桃久姉妹がアルバイトを共有していたように、このテクストでは「共有」が一つのモチーフになっている。実家が近くにありながら、一人暮らしをするほずみにとって、アパートは第二の家となる。けれどほずみの家に出入りできる人間は、彼一人ではない。鍵の隠し場所を共有し、いつでも勝手に出入りのできる股一、リオコ、真冬にとっても同じように、アパートは第二の家となっている。股一とリオコは許可なく出入りし、勝手に泊まっていく。彼らはほずみの〈パジャマ〉を着て、彼の〈万年床〉で過ごす。リオコは自分のカップを置き、股一はバイクをほずみのアパートの駐車場に置く。つまりほずみのアパートでありながら、そこは他の三人も共有する空間となっていたのである。そんな彼らにとって、ドーナッツ屋のピンクの制服同様、このアパートでの〈パジャマ〉は、「制服」という機能を持つ。その「制服」となる〈パジャマ〉はほずみのものであり、あくまでもほずみの物を四人が使うという形になっている。『ぼくのパジャマでおやすみ』とのタイトルにも象徴されているように、〈恋人だって大事だけど、リオコも股一も同じように〉大事に思っているほずみにとって、自分の〈パジャマ〉を着てもらうことは、彼らを自分の保護下に置くことを意味している。

物語の全体を覆うほずみの一人称の語りによって隠されているのは、彼が共有ではなく「独占」したいという欲望である。ほずみと股一は、二人の共有するバイクに好きな女の子の名である〈モモヒサ〉と命名する。彼らは「二つのももひさ」〈女の子とバイク〉を賭け勝負を行う。その結果、ほずみが勝利し「二つのももひさ」を手にする権利を得た。これは一見正当な争いに映る。けれども見方を変えるならば、ほずみの行動は共有という境界線を越え、独占することを選んだのだといえる。二人の勝負が決することは、共有していたバイクが一方の物になることを意味している。ほずみが無自覚だったとしても、彼がとった行動は、それまであった共有という関係を崩し、独占へと変容してしまう。

独占するほずみと対照的なのが股一である。股一は「二つのももひさ」を賭けた勝負に負けるが、彼は戦わずに負けたのであり、「二つのももひさ」を手にすることを無自覚に拒んだ存在で、結果的に共有することを選んだといえる。ほずみの〈優柔不断〉によって壊れかけた関係を修復し、真冬も加えた新たな関係を構築したのも、股一の働きかけによるものであった。彼はほずみが真冬とのことを黙っていた代償として、〈女の子は譲るから、バイクのほうのモモヒサは僕に譲りなさい〉と持ちかけ、バイクを自分の所有とする。この行動は、一見ほずみと同じ独占に映る。なぜなら、女の子の桃久はほずみ、バイクの〈モモヒサ〉を股一が手にすることは、単に二つのものを分けたにすぎず、それぞれを自分のものとして所有するからだ。けれど女の子とバイクといったように、それぞれ手にしたものは違っても、彼らは共に「ももひさ」を〈射止め〉た点で共通しているのである。つまり、二人は「ももひさ」を共有したといえる。それは股一が善であったことを意味しているのではない。股一の欲望が独占ではなく共有だったにすぎない。物語がハッピーエンドと映るのは、股一の共有欲がほずみの独占欲すら包み込み、独占ではなく四人が共有する関係へと軌道を修正するからである。作者自身が〈拙い〉と評価する〈ポップ〉な少女小説である作品だからこそ純化されておらず、のちの山本作品のモチーフとなる要素が不純物のように鏤められている点は、見逃すことができない。

（二松學舍大学大学院）

学園恋愛小説〈ハート〉シリーズの光と影——山田吉郎

——「黒板にハートのらくがき」を中心に——

現代の主要な女性作家山本文緒の出発は、ジュニア向けの小説創作からであった。一九八七年に、「プレミアム・プールの日々」が第十回コバルト・ノベル大賞佳作を受賞し、以後集英社のコバルト・シリーズを中心に、少女小説の書き手として活躍する。その活動は、「きらきら星をあげよう」(88年5月)を皮切りに九一年頃まで十数冊に及ぶ。本稿では、こうした山本文緒の出発期に目を向け、その作家としての特質の一端を考察してゆきたい。具体的には、学園恋愛ジャンクションの〈ハート〉シリーズと銘打たれた四作品、すなわち「黒板にハートのらくがき」(89年7月)、「踊り場でハートのおしゃべり」(89年10月)、「校庭でハートのよりみち」(90年4月)、「青空にハートのおねがい」(90年10月)を取り上げたい。いずれも集英社からコバルト・シリーズとして文庫本の形で刊行されている。

物語は、引っ込み思案で中学時代にいじめに遭い、〈人生をやりなおす〉ためにわざわざ遠くの星ケ丘高校に入学した森里結花、同じクラスで少し派手目の美人の小泉彩女《あやめ》、同じくボーイッシュな三田鳥海緒《とみお》の三人が友人になるところから始まる。その後、結花は幼なじみの藤井金太と、彩女は新任教師の長沢清太郎と、鳥海緒は彩女の兄で軽音楽部の部長の小泉郁哉とそれぞれ付き合うようになる筋立てが用意されている。このほか、やがて中退して相撲部屋に入門する高橋厚志、鳥海緒の友人葱田豊作などが登場する。

こうした多くの登場人物を描き分ける手法として導入されたのが、語り手となる人物の交替である。第一、二巻の「黒板にハートのおしゃべり」では、森里結花が語る形で物語が進行していたが、第三巻「校庭でハートのよりみち」では三田鳥海緒が、第四巻「青空にハートのおねがい」では小泉彩女が語る形をとっている。第三巻で内気な結花から突然ボーイッシュな鳥海緒に語り手が替わったのは、がらりと作品世界の雰囲気が変化して新鮮である。各巻それぞれに味わいがあり、とりわけ第三巻は行動的な鳥海緒が語り手となったこともあって物語の起伏に富み魅力的な巻である。が、シリーズ全体を触れるには紙幅が限られており、以下、本稿では物語の始発をなす第一巻「黒板にハートのらくがき」に視点を絞って見てゆきたい。

「黒板にハートのらくがき」の主人公森里結花の物語は、ある意味でジュニア向け小説の基本をなす主人公の苦悩とモチーフの上昇的構図が認められる。結花には魂の痛みとでも言えるような哀切さが揺曳している。先に述べたように、小学校、中学校時代にいじめに遭い〈人生をやりなおす〉ためにわざわざ遠くの星ケ丘高校に入学した森里結花は、高校生活での同じ失敗を怖れ、懸命に生きている。

登校前の結花は鏡に写った自分の姿をじっと見つめ、それからおもむろに、一センチ四方の小さな紙片に〈積極的〉と書き込み、それをセロハンテープで耳の後に貼りつける〈おまじない〉をする。

> あたしは、森里《もりさと》結花。／一週間前に、高校生になったばかり。／あたしは自分が嫌いだったの。／ずっとずっと、いくじなしで臆病《おくびょう》な自分が嫌いだった。／だけど、あたしは高校入学を機会に、変わろうって決心したんだ。／ヨレヨレの雑巾《ぞうきん》みたいな中学時代のことなんかさっぱり捨てて、おろしたてのノリのきいたバスタオルになりたいの。／で、昔雑誌で読んだおまじないをやってみたら、これがなんだかよく効《き》くのよ。

短文でテンポよくつづられる語りはさほど深刻さを感じさせない（もっともあまりに深刻な語りはジュニア小説には

向かないであろう）。ただ、中学時代のとりわけ酷いいじめを受けた体験はこの巻の半ばを過ぎたところで初めて明かされる。そのため、読者は主人公の結花の思いの外に深刻な過去をここで知り、引っ込み思案でおどおどしている印象のある結花の人物像をあらためて反芻し、理解するような構成となっている。

この第一巻では、森里結花のある意味の成長が描かれている。当初はクラスのリーダー格の女の子で、金太への思いを公言している佐斗子を怖れ、嫌われてクラスで孤立することを極度に危惧していた結花だが、物語の展開を経て、第一巻の終結部では、金太への思いを書いた手紙を金太のバイクのヘルメットにそっとさし入れる。そして、朝の教室にはいり、佐斗子の前までずいと進むと、次のように言い放つのである。

あたしは息を吸って、はいた。／「佐斗子ちゃん」／「……どうしたのよ」／「あたしも金太のことが、好きなのっ」／思いっきり、あたしは言った。／（中略）ザワめく教室の中、佐斗子ちゃんの丸く開かれた大きな目が見つめて、あたしはもう一回言った。／「あたしも金太が好きなのっ！」

森里結花はクラスの皆の前でこう断言した。そして、それにつづけて、〈現実はあたしを苦しめるだろう。／現実はあたしを傷つけ、裏切るだろう。／だけど、あたしが生きている場所は、この現実の教室なんだ。／鞄を握った手が震える。／どこからか、流行《はや》りのポップスが流れてくるようだ。／現実のドラマが、やっと今はじまった。〉と胸の内で語るところで、第一巻は閉じられている。

このように、第一巻の主人公の森里結花は、その終結部において、大きな変貌をとげている。（ただ、第二巻では右の公言を悔やみ、結花の相変わらずおどおどした優柔不断な面が認められるのではあるが。）ともあれ、この第一巻における結花の上昇的な志向は読者にとって快い。いささかみごとに変貌しすぎるという感もあるが、第一巻で造型される結花の人間像は、〈あいつは、いじめても平気。／意地悪すると、おもしろい。／レッテルというのは、本当に恐ろしい。〉と結花自身が小中学校体験に根ざす自分のレッテルを意識しているほどには、暗いものではない。全四巻を通してみても、結花はまずまず大きなトラブルのない高校生活を送っている。

こうした結花の成長を支えているものとしてとりわけ重要なのが、入学当初に知り合った鳥海緒、彩女との友人関係が決して壊れることがないという点であろう。この三人は、たまたま〈みんなクラスに同じ中学から来た子がいなかったので、なんとなくいっしょにいるようになった。〉と語られているが、通常そのように形成された友人関係は、月日が経つにつれて再編成されることが多い。それがこの物語では、全四巻を通してお互いの間に大きないさかいは生じていない。

森里結花は、物語世界の中で決して自分で語っているほど虐げられてはいない。幼なじみの金太は乱暴な口ぶりとはうらはらに好意的であるし、第一巻の後半ではやがて相撲の世界に移ってゆくチャンコ高橋（高橋厚志）から告白をされてもいる。また、金太をめぐって恋敵の関係にある佐斗子からのいじめも、鳥海緒、彩女とのしっかりしたトライアングルが形成されているせいか、軽微である。とくに第四巻では、前妻の面影に結花が似ているせいか長沢先生に親しみをもたれ、彩女の嫉妬心をかき立てる場面もある。あらためて物語世界を眺めてみると、結花、鳥海緒、彩女というトライアングルの中で、喧嘩っ早いところがあり停学の憂き目にもあう鳥海緒や、教師と恋愛関係に陥り結果的に教師（長沢先生）が辞職を決意する事態となる彩女などと比べ、結花は地味だが最も波瀾のない軌跡をたどっている。一見個性的な鳥海緒や、華やかな彩女の陰になっているように見えながら、この女子高校生物語の主軸に森里結花を据えた設定は、ある意味でジュニア向け小説の基本をなす主人公の普遍的な苦悩とモチーフの上昇的構図に裏打ちされていると考えられるであろう。

（鶴見大学短期大学部教授）

『ドリームラッシュにつれてって』――彼女たちの特別な時間の終わり――

安藤優一

『きらきら星をあげよう』から始まるコバルト文庫の「きらきら星」シリーズ第三弾にして最後を飾る本作は、山本文緒の著作中、インターネット通販サイトにおいて最も高額な価格がつけられている（Amazon、14・10現在）。古書市場での高騰は希少性ゆえとはいえ、バブル景気の只中にあった発表当時と現在との落差や距離感も投影されている感さえある。本作の刊行は一九九〇年一月だが、所収七作の初出は前年の八九年である。八〇年代末から九〇年代初頭にかけてのこの時期は、いわゆるバブル景気として今日の人々の記憶に刻まれている。ミラーボールの下で男女が踊り明かすディスコや、一万円札を片手に路上でタクシーを拾う人々は、バブル期を回顧する際の象徴的光景となっている。八〇年に日本の自動車の生産台数が世界一となるなど、経済的隆盛とともに開始された八〇年代は、文化的な側面までも含めて高揚と熱狂の軌跡を描いた。それは土地投機の果てにバブルが破裂した後の九〇年代の「失われた一〇年」と対比されることで、一層鮮明に浮かび上がる。

集英社コバルトノベル大賞・佳作を受賞してデビューした作者の少女小説家時代（88～91）は、バブル景気の時期と重なる。本作発表の頃は「無我夢中に」三か月毎に文庫を刊行し続けていたという作家生活の只中にあった。四半世紀近い歳月を隔てた今日、本作を読むと「いかにも八〇年代的な」と言いたくなる要素が散りばめられている。一章の「ブリザードで眠れない」の冒頭に登場する「ディスコ」やスキー場の別荘での、親の監視から離れた治外法権的な冬休みの生活や、「エイズ」、「ユーミン」といった表象などである。

主人公・吉田日和の友人である林奈加里は「女装が趣味で、趣味と実益をかねてゲイバーのバイトをしている」という人物だが、彼が突飛な言動をするたび日和は「ゲイバーでエイズでも移されたのかしら」と思う。今日そのような言葉を公につぶやけば〈炎上〉必至だが、当時はエイズという新種の病をめぐって、同性愛者とあからさまに結びつける差別的な捉え方も普及していた。また、『現代思想』（87・9）で人類のアイデンティティの危機として特集されたり、ある作家はエイズの登場によって「より高次のアイデンティティを意識化する過程に入りつつあるのではないか」と考察するなど（日野啓三「エイズを呼び出したもの」『新潮』88・2）、〈エイズ語り〉がブームの様相さえ呈していた。一時期は人の悪口を発する際に「エイズのような」と表現することが小学生の間で広がっていた。作中「変だ。エイズが脳まで行ったかな」と日和が語るのも同じ文脈にある。エイズという深刻な病さえもカジュアルに消費されていく様が描かれる。

日和の恋人である山之腰琢磨のバンド仲間で公認ライバルの位置づけにある葉月は「ユーミンな奴」と表現される。その意味する所は日和の友人・ミチコ曰く「妙に目立ってて生意気なんだけど、才能と実力があるから誰も何も言えない奴のこと」と定義されている（より正確に補足すれば〈才能＋実力＋美貌〉）。後年のインタビュー（『月刊カドカワ』97・3）で作者は「思い出の曲はありますか」との質問に、「サザン」で育ったために「ユーミンは聴かなかった」と回答しているが、「ユーミン」という存在は単なる音楽の場だけにとどまらない、時代のアイコンとして八〇年代を席巻していた。酒井順子が『ユーミンの罪』（講談社、13・11）で述べるように「ユーミン」と、この時代の文化は極めて高い相関関係にある。酒井によれば八〇年代は「〝つれてって〟文化」隆盛の時代だったという。この当時クリスマスなどのイベントにおいては、女子主導ではなく男子主導でレジャー施設などに「つれて行ってもらう」という価値観が男女間で成立していた。彼らが行く先として大きな位置を占めていたのが映画「私をスキーに連れてって」(87)に代表されるように、スキー場であった。この映画の主題歌を歌う松任谷由美もまた、苗場プリンスホテルでのコンサートを恒例行事とするなど、スキー場文化と深い関係にある。本作冒頭に登場するディスコは六本木ではなく信州のスキー場にあるが、奈加里の運転する真っ赤なイタリア車「アバルト」で別荘に連れてこられる日和たち男女四人組は、このトレンドと無関係ではない。本作のタイトルもまた「〝つれてって〟文化」の文脈をよく体現していると言えるだろう。

「才能と実力」ある女性たちは、男性の運転する車の助手席に甘んじているだけではなく、徐々に自らの生き方を自分主導で切り開こうとしていた。八九年一一月にリリースされた松任谷のアルバム「LOVE WARS」はその名の通り、恋愛においてもアグレッシブに生きようとする女性たちへの勇ましい応援歌が収められている。「ほしいものがほしい」という糸井重里の西武百貨店のコピーにあるように、仕事でも恋愛でも自らの欲望を実現させることが、高らかに肯定された時代という側面もあった。

まだ高校三年生の日和を初めとする本書の登場人物たちもまた、将来の生き方をめぐって葛藤する様子が描かれている。法的整備によって課題が解決されたわけではないものの、八六年に施行された男女雇用機会均等法は女性総合職誕生の契機となり、将来選択の幅が拡大された。「向学心のあるほう」と自己分析する日和には、大企業のキャリアウーマンへの憧れはないが、料理という自らの才能を存分に発揮できる道を目指して奮闘する。その過程で、はからずも阻害要因となるのが琢磨の存在である。二重国籍者の琢磨は、自らのナショナル・アイデンティティの決定をめぐって(作中ではそのような大仰な表現はないが)、父親から譲渡された二〇〇〇万円を手に、出生の地であるニューヨークへ旅立つことを卒業後の進路として選択する。ニューヨークでの恋人との生活という、漠然としながら輝きあるそのイメージに、日和は自らの進路との狭間で思い悩む日々を送ることになる。最終的に日和が決断したのは、琢磨にニューヨークに「つれてって」もらうのではなく、才能と実力にもとづいた我が道を進むことであった。

きらきらとした幻のような夢の時間は儚く短い。そのことを日和は自覚している。最終章「蛍の光、魔法の雪」の終末部分では、少女／少年という一回性の季節を思う次のような語りがある。

「未来は思ったよりも、すぐにやってくる。／同じ季節にはもう戻れない。」「空を見あげるあたしたち四人に、真っ白な未来が次々と舞い降りてきた。／真っ白な未来の夢に、いつまでもあたしたちは立ちすくんでいた。」

時価総額数億円の洋菓子店が実家のモヒカン頭のバンドマン・琢磨に、証券会社社長を父親に持つ女装趣味のイケメン・奈加里（彼は今日で言う所の「男の娘」の遥かな先駆者でもある）、金髪ベリーショートへアのミチコ――といった一連の一般的高校生の規範から外れた三人の中にあって、日和は唯一まともなキャラクターとして設定されている。凡庸な主人公と周囲を取り巻く個性的な仲間、という構図は少女漫画の世界まで含めてよく見られる（神尾葉子『花より男子』、小畑友紀『僕等がいた』等）。しかし、奈加里もゲイバー「きつねの嫁入り」でのバイトをやめて、レストランでのウェイターに転身したり、ミチコが難関の外国語大学への入学を目指して切磋琢磨するといった姿は、自分たちの過してきた特別な時間の終わりを予告するものである。歳月の経過という等しく直面せざるを得ない問題に行き着いた本作の終わりは、やがて訪れるバブル景気の終焉さえ、はからずも暗示している。

（青山学院大学大学院生）

『おひさまのブランケット』――〈幸福〉の物語二篇――

堀内　京

『おひさまのブランケット』は、一九九〇年七月に集英社コバルト文庫として刊行された。山本文緒にとって一〇冊目の刊行本である。収録作品は、表題作の「おひさまのブランケット」一作品。一九九九年七月には、コバルト文庫復刻版『おひさまのブランケット』が刊行され、そこには「おひさまのブランケット」とともに、処女作「プレミアム・プールの日々」も収められた。この作品は、一九八七年にコバルト・ノベル大賞の佳作を受賞した。復刻版所収の山本による「歩留まり作家への道―巻末エッセイ」（一九九五年五月）には「プレミアム・プールの日々」は、〈まだプロとして読者を意識してものを書く以前のもの〉で、〈正真正銘、私が生れて初めて書いた小説〉とある。「おひさまのブランケット」については〈書き手（って私なんだけど）の意図が丸見え〉で〈小賢しい〉と評している。両作品を並べると〈私はあきらかに「プレミアム・プールの日々」の方に好感を持ちました〉と述べている。

「おひさまのブランケット」は、「北の街にすむ野々子」、「東の街にすむ美衣子」「野球場にすむ周太郎」の三章で構成されている。〈ブランケット〉は、この作品において大切な人を包み込む〈幸せ〉の象徴として捉えることができる。野球の試合の臨場感も見事だが、この物語の中心は、野々子と周太郎の恋愛にあるだろう。渡辺野々子と井沢周太郎、咲坂秀幸の通う県立北川高校野球部は、地区大会を勝ち抜き、周太郎はキャッチャー、咲坂はエースピッチャーとして甲子園出場を果たす。ムードメーカーの周太郎に対し、咲坂は〈学校中の憧れの的〉だった。野々子と周太郎は〈公認のカップル〉だが、彼女は周太郎に〈好きだ〉といわれたことがない。甲子園でも咲坂と周太郎のバッテリーはスタメン出場したが、北川高校は九回裏〈大会一号ホームラン〉を打たれ初戦で敗れた。夏休みが終わると、全国から野球部員に〈ファンレター〉が届き、ちょうどその頃、野々子は咲坂に電話で呼び出される。用件は、〈周太郎が最近ファンレターをもらったりして浮かれすぎている〉という監督の忠告を野々子から伝えてほしいというものだ。プロ野球入りが噂されている咲坂は、〈「そろそろ、周太郎のところにも打診がくる」〉と言う。咲坂と野々子がデートしたと勘違いした周太郎は、野々子と喧嘩をする。野々子にとって〈こんなに悲しくてこんなに涙が止まらない〉ことははじめてだった。周太郎へのドラフト指名が現実味を帯び、〈そばに住んでいればそのうち仲直りできるだろう〉と思っていた野々子に〈大きな感情のうねりが押しよせ〉た。野々子が周太郎に会いに行くと、彼は、〈「喧嘩して懲りたよ。俺、野々子がいなきゃ駄目だ」〉と言い、野々子は〈子供の頃のおひさまの毛布のように、私が周太郎の毛布になって、ずっと彼のそばにいよう〉と思う。周太郎は咲坂と同じ東日ファイヤーズにドラフト六位指名されてプロ野球選手になり、野々子は周太郎の球団のある東京で大学受験のために浪人生活を送ることになった。

美衣子は甲子園で見た周太郎との文通を通じて〈高校を出たら本気で周太郎の住む街に就職しようかと思うほど、彼のことを好き〉になった。周太郎も優しく美衣子に接した。高校三年生で勉強の苦手な美衣子は、東京に出てきた野々子と同じ予備校に通うことになり、二人は〈あっという間に親しく〉なる。ある夜、周太郎と会う約束をしていた野々子はたまたま美衣子を誘った。そして〈ご対面〉を果たす。今にも〈爆発〉しそうな三角関係のなかに咲坂が登場し、野々子は〈周太郎の毛布になってやるつもり〉で、〈何があっても包んでやる〉と言ったことを美衣子に伝える。美衣子は〈ふたりの間に割りこむ余地などない〉と思いながらも周太郎のことを諦められない。ある日、美衣子が予備校で胃けいれんのため倒れる。予備校のトイレで〈洗面台に崩れて吐い〉ている美衣子を見て彼女のクラスメートたちは〈「……妊娠でもしてんじゃないの……」〉と陰口をたたく。野々子は〈女の子の横っつらをひっぱた〉き、恋敵であるにも拘らず美衣子を守った。

美衣子と野々子は周太郎にどちらかを選ぶように迫る。当の周太郎は野々子を〈もちろん大好きだ〉と思いながら美衣子に会って〈心臓が震えるぐらい女の子ってもんが綺麗でもろいものだと実感〉していた。周太郎は次の日曜日の一軍の試合で〈三振かアウト〉だったら野々子、〈ヒットかホームランで塁〉に出たら美衣子を選ぶと宣言する。試合の直前に美衣子から周太郎に電話が入り、美衣子は〈三振はわざとできる〉から〈「周ちゃんは、最初っから野々さんを選ぶ気だったのね」〉と言う。七回裏、打席に立った周太郎の〈ヘルメットのこめかみあたり〉にボールが〈激突〉した。軽い脳震盪を起した周太郎は目が醒めているにも拘わらず、〈悪戯心を起してわざとぐったりベッドに横たわってい〉る。彼はしがみついて泣く野々子の背中を〈両手で受け止め〉〈静かに唇を重ね〉た。

どのような状況にあっても周太郎の〈ブランケット〉（毛布）になり、周太郎を〈幸せ〉にしようとする野々子の魅力が詰まった作品である。同時に一見派手に思える美衣子の純粋さも際立つ。コバルト文庫らしさが存分に発揮された読み応えのある「青春小説」である。

「プレミアム・プール」の日々は、高校生の朝比奈光一郎が、四歳年上の大学生嶋奈緒子に恋をする物語である。光一郎は高校三年の夏、〈一瞬しか手の中に留まらない、そんな幸福〉を持っている気がした。彼は、高校一年から夏の間だけ市営公園のプールで監視員のアルバイトをしている。高校二年の夏、奈緒子がアルバイトに加わった。光一郎は奈緒子に好意を持っているが、彼女には〈赤いゴルフ〉に乗ってやってくる恋人がいた。奈緒子の恋人の存在を知り、光一郎は〈何となくおもしろくない想いを抱いて〉秋を迎え、彼のことが好きだという同級生の智子と恋人関係になる。しかし、三年生の春、光一郎に進学の意志がないことを知った智子は〈「高卒じゃ、いいお給料貰えないわよ」〉と言い、光一郎は智子の〈今までのプレゼントややさしさが、そういう計算された未来という見返りを求めた上でのことだった〉気がして二人の関係は終わった。光一郎は〈出来合いのパッケージされた幸福じゃなくて、ひとつひとつ丁寧に大切なものを築いていきたい〉と思っていた。彼は高校三年の夏も奈緒子とプールでアルバイトをしていた。光一郎は、奈緒子が夜行列車で旅行に出発する日、アルバイト仲間の保立さんから奈緒子が不倫相手と〈駆け落ち〉することを聞いた。〈家に帰る気〉がしなかった彼がプールに行くと、そこには夜行列車に乗ったはずの奈緒子がいた。光一郎は駆け落ちをやめるように言うが、奈緒子は〈好きでたまらない彼が手に入る〉から彼のもとへ行くと言う。光一郎は、メンズの〈ダイバーズ〉の時計を身につけている。奈緒子の彼は大きいのが似合わなくて〈レディース〉のものをしている。〈「…光一郎のはメンズでしょ。重くて頼りがいがある気がする」〉と奈緒子は〈寝言〉のようにつぶやく。朝になり、光一郎は〈生れた初めての辛い別れを噛みしめ〉ていると〈「行くのやめたの」〉という奈緒子がいた。

「プレミアム・プールの日々」は、夏の開放感と若者たち独特の高揚感が繊細に描かれた作品である。そこには〈一瞬しか手の中に留まらない〉にも拘わらず〈永遠の輝き〉と〈幸福〉が凝縮されている。

（千葉大学大学院生）

未来への鼓動を数える、はじまりの『カウントダウン』——錦 咲やか

二〇一〇年に光文社より出版された『カウントダウン』は、一九九一年に集英社コバルト文庫で出版された『シェイクダンスを踊れ』が二十年ぶりに改題および加筆修正されたテクストである。『シェイクダンスを踊れ』には「ダウンタウン・ラブ・コメディ」という副題が示されており、コバルト文庫の性格上からも、ティーンエイジャーに向けた青春恋愛小説であることが窺われる。『カウントダウン』における、旧作からの最も大きな改変は、主人公・小春の姉サクラの職業がＡＶ女優からグラビアアイドルに変更されている点である。ただ作品の表現は、時代背景に合わせたささやかな変更のみであり、テクストの大幅な変更は無い。高校生の小春は、何をやってもそつなくこなす友人・梅太郎とコンビを組み、漫才師という夢に向かって邁進する。

『シェイクダンスを踊れ』においては、各章のタイトルが、「笑ってヨロシク」「甘えないでよ」「おぼっちゃまにはわかるまい」といったいずれも当時人気のドラマやバラエティなどのテレビ番組タイトルとなっている。そこには山本文緒が特に愛する、コメディやバラエティ番組への明確なオマージュが感じられる。山本文緒は『シェイクダンスを踊れ』のあとがきで「あきれちゃうぐらいくだらないバラエティが好きです。」と、バラエティ番組やコメディアン、ひいては古典的な笑いである落語などへの愛を語っている。『シェイクダンスを踊れ』の各章のうち、最終章だけはテレビ番組のタイトルではなく「スンバラシイたらありゃしない」という所ジョー

ジのギャグである。これは第一章が「笑ってヨロシク」という所ジョージ司会のクイズ・バラエティであることに呼応している。ここで語られている「素晴らしいこと」については、章タイトルが全て削られている『カウントダウン』にも重要な骨子としてそのまま引き継がれている。

〈人生はスンバラシイ。／なぜ、素晴らしいのかというと、夢のかなう舞台が人生だからだ。／誰もが舞台の上で、スポットライトを浴びることができる。誰の夢もかなう。それが人生だ。〉〈僕の家の小さな庭は、春の光に満ちている。まぶしい光の雨が降るこの庭で、僕は父の驚いた顔を眺めていた。／もっともっとこの人を驚かせてあげよう。／それが僕の、次の夢になった。〉『カウントダウン』においては、『シェイクダンスを踊れ』にはない二文がこの文章の途中に挿入されている。〈まぶしい光の雨が降るこの庭で、僕は父の驚いた顔を眺めていた。〉のすぐ後に続く〈夢がかなうまでもうあとちょっと。カウントダウンがはじまっている。〉という文章だ。この二行は『カウントダウン』という改題の由来ともいえる箇所となっている。

夢へのカウントダウン。このテクストにおける〈カウントダウン〉とは、最後の状態、終わりへのカウントダウンではなく、はじまりの秒読み段階である。夢をかなえるまであともう少し。それは小春がようやくみずからの夢を自覚し、かなえられるスタートラインについたことを意味する。インチキ芸能プロに騙され、詐欺の片棒を担がされてしまった小春たちを〈お前らの言う夢なんか、テレビに出て世間にチヤホヤされて、がっぽり儲けて外車に乗ってやるみたいなチンケな夢なんだろうよ。〉と、小春が想いを寄せるクラスメート・紅実の父親である警部は罵倒する。小春は後に〈僕は馬鹿だしまっとうな人間じゃないかもしれない。でも、紅実ちゃんの親父さんにけなされたからって、はいそうですかって夢をあきらめるわけにはいかないんだよ。〉と紅実に告げ、紅実の父親にも、自分が漫才師を目指していることはちっとも恥ずかしいことではないし、もちろん姉の仕事のことであなたにとやかく言われる筋合いはない、とはっきり主張することができるようになる。それはテクストにおける、二人の父という存在の対比と、それを通した〈夢〉という名の欲望の反転により導かれている。

警察に捕まった際、自分を迎えに来ても何も言わない父親に、小春は歯がゆさを覚えるが、人には人のやり方がある、自分には自分の考えがあり、子どもにはそれぞれの人生があると話す父親は、なるべく口出しをしないというやり方でもって、実はずっと小春を見守っていたことを伝えるのである。小春は〈子供は谷底から絶対這い上がってくると信じている父〉を少しくすぐったく、誇らしく感じる。幼い頃に寄席に連れて来てくれた父を尊敬しており、いつか自分もこの寄席に出て、父をもっと笑わせ、楽しませてあげたいという願いは小春の夢の原点だった。紅実の父親は、このテクストでは娘に干渉し、男性の性的欲望から守り、世間の〈まっとう〉さを重んじる教育者としての役割を帯びている。一方小春の父親は娘や息子にまったく干渉せず、世間からずれている（と自覚している）子どもたちをそのまま外の世界へ送り出し、その中で他者による学びを本人たちが自然と得られることを期待し、見守るという姿勢を貫いている。この対比により、小春は自らの実力で、〈夢〉を〈まっとう〉な力に対し認めさせるという成長を遂げていく。〈まとも〉や〈まっとう〉に屈せず、生き抜いていくテクストの奔流のために、〈夢〉＝欲望の内実を変容させる仕掛けが必要とされる。

当初〈夢〉が自分自身の、かつ自分に向かう欲望をベースとし、紅実の父親が述べるような〈チンケな夢〉と表されるが、小春は実際に自らの夢がそのように表象されるものだと気づく。小春が〈ワクワクしたりゾクゾクしたり〉する快感を根拠に、〈夢〉を形成し進んでいく姿は変わらないのだが、その快感はやがて他者へと働きかける、いわば利他的な幸福へと向かっていくのである。他者を笑わせ、楽しませ、驚かせることが自らの快感になる〈夢〉なのだと、小春の欲望を反転させることで、〈誰の夢もかなう〉という世界が立ち現れ、それぞれの地平でカウントダウンがはじまる。サクラの夢についても同じく、反転の仕掛けがある。紅実は、サクラのDVDを見て、その過激な裸体の露出にショックを受けた。姉の職業のせいで、好きな女の子に警戒されてしまうという状況へ陥った小春は、姉に対し〈姉ちゃんがやりたいんなら何でもやりゃいいさと思ってた〉態度を変更して、〈姉ちゃんの仕事はまともじゃないよっ!〉という言葉を投げつけてしまう。後悔する小春だったが、最終的にサクラは〈着飾ったり男の人にチヤホヤされること〉ではなく、夢を追い続け奮闘している小春たちのように〈本当にゾクゾクするようなこと〉を捜してみたくなったと語り、もう裸になるのはやめると宣言する。

サクラが男性の欲望へ主体的に従事していたのは、チヤホヤされることを自らの快感と捉えていたためだが、その先の他者の快感を真に自分の〈夢〉と捉えなおす兆しを見せたことが、ヌードの仕事内容を止める理由として保持されている。〈夢〉の内実を変容させると同時に、〈まとも〉の価値へのずらしがテクスト上で行われているので、性的な職業自体の否定ではなく、サクラが仮に、他者の幸せへの快感を改めて見出すのであれば、再び男性の視線の中へ身を投じることもあり得るかもしれない。しかしそれは〈まっとう〉であるよりも、テクストに示された〈夢〉のルールに則った正当なものとなることだろう。

小春は様々な失敗を通じて〈夢〉という快感に向き合い、その痛みを通して〈つらいことが多かったけど、これほどまでにワクワクしたりゾクゾクしたりしたのは、はじめてだった。何ひとつまともにできなかったけれど、僕はものすごくたくさんのものを手に入れることができたのかもしれない。〉という感慨を抱く。なにひとつまともにできず、失敗を繰り返しても、〈人生は何が起こるかわからない。〉だからこそ、自分を世界へフィードバックさせる欲望の快感を〈スンバラシイ〉と伝えるこのテクストには、未来への鼓動が鳴り響いている。

（日本近代文学研究者）

少女小説から見る『チェリーブラッサム』の季節――蕭伊芬

蕭伊芬

二〇〇一年の山本文緒、二〇〇二年の唯川恵、そして二〇〇五年の角田光代。ゼロ年代以降に直木賞を受賞した多くの女性作家の中で、特にこの三人にはある共通点があった。いずれも一九八〇年代にコバルト・ノベル大賞を受賞して、少女小説作家としてデビューしたのである。とはいえ、角田のように少女小説というジャンル自体に違和感を感じ、後にペンネームを変えて作家として再デビューした者もいる。そもそも、三人の直木賞受賞作は少女小説ではなく、それぞれ一般文芸として発表したものである。だからこそ、日本の少女小説が作家に違和感を抱かせるほど明確な性格を持っていながらも、豊かな作家層を受け入れる懐の深さがあったことを示す一例となろう。実際、山本たちが現れる前のコバルト文庫には既に、氷室冴子と新井素子らの多彩な作風が人気を盛り上げていた。

『チェリーブラッサム』は一九九一年に『ラブリーをつかまえろ』と言うタイトルでコバルト文庫から刊行されており、時期としては山本が一般文芸に完全に移行する直前に書かれた作品の一つになる。話題性や人気のある少女小説もしくはライトノベルがその後、一般文芸書として装いを変えて再刊されることは多々ある。しかしながら、『チェリーブラッサム』はその続編となる『ココナッツ』と共に二〇〇〇年に角川文庫に収録されるだけでは終われなかった。二〇〇九年にスタートを切った、新しい児童書レーベルである角川つばさ文庫においても、『チェリーブラッサム』はベストセラー部門の第一弾として刊行されたのである。同じ部門には筒井康隆の『時をかける少女』やあさのあつこの『バッテリー』などのロングセラーが名を連ねていた。

『チェリーブラッサム』がこれだけ装いを変えて度々刊行されることとなったのには訳がある。一つは前述したように、作家が一般文芸に移行する直前の作品であることが挙げられよう。一般文芸で平穏な日々に潜む毒と静かな狂気を描くのに長けている山本文緒が子どもの世界を書くと、どうなるのか。読者の興味を引く販売戦略の一環であると同時に、作風の多面性を知る重要な手掛かりをも提供できるのである。もう一つは、当たり前と言えばそこまでだが、作品自体の特性と魅力が再版を促す大きな理由であろう。ここでは『チェリーブラッサム』を通して、名手が勢ぞろいしていた少女小説界で山本文緒はいかにして自分のカラーを獲得し、そして一般文芸での活躍へと繋いだのかについて考えてみたい。

『チェリーブラッサム』の物語としての骨格は単純である。この春、中学二年生になったばかりの桜井実乃に、父親はある日いきなり会社をやめて家族で便利屋をやるぞと宣言する。早速、幼馴染のハズムから飼い犬のラブリーを探してほしいとの捜索依頼が舞い込むが、どうもハズム一家の様子がおかしい……と言う、ミステリ仕立ての展開である。しかしながら、謎解きの要素よりも、作品の重心は明らかに実乃の心の揺れ動きにあった。四年前に母親を亡くして以来、実乃は父親と一つ年上の姉花乃との三人暮らしをしてきたが、仕事に忙殺される父親と、自由気ままで友達と遊ぶことに熱心な姉。三人は一つ屋根の下で暮らしていても、どこかよそよそしくあった。このように慢性的に膠着した状況の中で、父親の退職と家族三人で共に働くという死活問題にも関わる生活形態の激変によって、実乃は否応なく家族に対してのわだかまりを見つめ直させられる。

物語は実乃の視点による一人称で淡々と進められるため、実乃が家族をどのように見ているのかが読者にはよく分かる。しかしながら、山本は作品を少女小説の特徴とも言える主人公の一人語りに終わらせなかった。多少鈍感ではあるが、思い立ったらすぐに行動に移してしまう衝動的な父親と、八方美人でイメージの良さを何よりも大事にしていながら、実は自分よりも精神年齢が低いように思われる姉。人前では多くは語らない実乃は母親亡き後、自分が家族の間のクッションとなり、二人を支えていかなくてはと思うようになる。とは言え、姉妹喧嘩の時に、父親が簡単に姉のうそ泣きに騙されてしまったりすると、実乃はつい悔しくて家を飛び出してしまう。そして母親の法事で知り合った若い僧侶永春のところにいつも駆け込んでいた。

実乃は父親が銀行の激務から解放されることを喜んではいたが、便利屋の仕事を家族でしていると、元々性格の合わない三人が顔を合わせ、衝突する可能性は大いに増えた。父親は退職ほどの重大な決断も家族には一言もなしに勝手にしてしまい、いつまでも自分のことを子ども扱いしている。姉は家事を始めとして、むちゃくちゃなことでも上手い理由をつけて押し付けてくる。そして最悪なことに、外面の良さを利用する姉に父親は度々騙されてしまうから、実乃は二人の支えになりたいと思いながらも、時々家の中に自分の居場所がない気分になってしまう。それでも、実乃は父親が娘たちのことを大事に思っているのをよく分かっているし、姉の華やかさも、ごく稀だが、時折見せるやさしさも好きだから、二人を嫌いにはなれなかった。このように、実乃は（読者以外からは）大人しい少女だと思われてはいるが、周りのことをよく観察し、心の中で反芻しては吸収しようとしていた。だからこそ、気持ちのゆれ幅も大きく、時々自分では消化しきれなくなるのであった。そのような時に、実乃を受け止めてくれたのが永春である。

母親を亡くした当初、呆然自失となっていた実乃を永春は暖かく迎え入れ、現実を受け止めきれない幼い心をほぐしてくれた〈相談役で、やさしい兄で、そしていちばん好きな男の人〉であった。一方、永春は実乃を慰め励ますと同時に、実乃が気づけなかった事実を柔らかく見せた。自分のこと以外には無関心だと思っていた姉は実乃のことをずっと気にかけており、妹がいつまで経っても帰ってこないために、寺に押しかけて直談判していたことを永春は実乃に告げる。自分だけが家族を見守っているつもりでいても、本当は家族それぞれが自分なりの仕方で相手を守ろうとしていた。ただ似たもの同士の照れくささから、互いに上手く伝わらなかったのだと実乃はようやく理解する。永春の穏やかさに満たされていたからこそ、実乃は自分のことを冷静に振り返られる。そして母親のように父親と姉を支えたいと言いながらも、本当は自分だけが永春というクッションを手に入れて、しかもそれを家族の前に見せびらかし、二人を傷つけていたのではないかと実乃は思うようになる。恋を通じて少女は大人になる、というのはよくあるパターンだが、山本は自立の描写を元の家族との離別に置き換えなかった。むしろ接近させることによって、実乃の内面に少しずつ余裕が生まれ、成熟の途中にあることを示した。

初版が出たのと同時期に絶大な人気を誇っていた、氷室冴子の『なんて素敵にジャパネスク』や小野不由美の『十二国記』に比べると、大きな仕掛けのない『チェリーブラッサム』は主人公の実乃のように大人しい作品に見えてしまう。だからこそ、実乃の境遇と繰り返される心の対話は違うリアリティをもって、同世代の少女読者に共感されやすかった。〈ひがむぐらいなら、ちゃんと言葉にして言えばいいのに、思ってることをちゃんと口にできない〉。〈ひがむのは「好きになってほしい」の裏返し〉とこぼれた実乃の言葉もまた、多くの読者の心の声であるかもしれない。一般文芸ほどの毒はなくとも、主人公の微細な気持ちの揺れ動きを多層的に見せる山本の手法は、少女小説というジャンルの制約によってより鮮明になる。そして桜が開く狂騒の季節が過ぎた後、麗らかな五月の午後のような温もりを読者に残してくれる。

（白百合女子大学大学院生）

『ココナッツ』――〈閉じこめられた嵐〉をつれて――

内田裕太

『ココナッツ』を単独で考察するにあたって、はじめにいくつか前置きのようなものを付さねばならない。まず、本作は『チェリーブラッサム』(00・4)の〈スピンオフ〉的なものではない、まさしく正統な〈続編〉であり、〈完結編〉でもあるということである。『ココナッツ』は、もともと『アイドルをねらえ!』というタイトルで一九九一年八月に集英社コバルト文庫から刊行されたものが加筆訂正され、二〇〇〇年七月に装いも新たに角川文庫から出版の運びとなった経緯が「あとがき」で山本自身によって書かれている。そのポップな装丁や、『アイドルをねらえ!』というタイトル、また『チェリーブラッサム』の原題が『ラブリーをつかまえろ』であったことからも分かるように、両者はいわゆる〈ジュニア小説〉と呼ばれる、少年少女(管見では特に少女)を対象としたライトなタッチの青春小説であって、そこに謎解きの要素がそれぞれ多少絡まることで、その平易な表現と先の読めない展開とがあいまって、最後まで一気呵成に読める工夫がなされていると言えよう。

もちろん、〈大人の方は多少なりとも違和感を覚える〉との作者の言があるように、『チェリーブラッサム』、『ココナッツ』においても、その〈ジュニア小説〉的な骨子(ラフな一人称語りや言葉の言い回し等)は、比較したところ、ほぼそのまま踏襲されており、たとえば谷崎潤一郎やスタンダールなどを愛読する者にとっては、いささかその文体に〈違和感〉を禁じ得ないかもしれない。だが本作の前身が、山本の集英社コバルト文庫における最後の作品となったこと、そして『アイドルをねらえ！』から『ココナッツ』へと（それは『チェリーブラッサム』にも言えることだが）改稿改題されていることを踏まえれば、本作を単なる〈子供向け小説の焼き直し〉としてのみ捉えることは少し早計である。

これらの事情を加味した上で、改めて二作のタイトルに目を向けてみよう。『チェリーブラッサム』という表題は〈桜〉、そこからの連想としての〈春〉、そしてそれは主人公である実乃の（中学二年生という設定も鑑みれば）、〈少女〉から〈女〉への始まりの予兆をはらんだものと言えるだろう。その意味では、『ココナッツ』は単純に考えればその続き、つまり〈春〉から〈夏〉への季節の推移を示すと同時に（物語上でも季節は連動している）、実乃の心象の変化・展開をも同時に示唆するタイトルだと考えられる。

物語冒頭の父との会話における、〈「黒木洋介って言ったら、今寝てみたい男・ナンバー1だもん」〉という実乃の言葉からは、そのような性的なニュアンスが皆無であった『チェリーブラッサム』とは明らかに一線を画していることが読み取れる。そして、〈好きだと言っても、永春さんのお嫁さんになりたいとかいうのとは違う。私と彼とは歳が十一歳も違うのだから、妹としか見られてないことは海よりも深く分かっている。〉と、母親の死後、実乃の心の空洞を埋めていた永春に対しての前作の気持ちも、『ココナッツ』の結末部では〈私はいつか、この人のお嫁さんになろう。いつになるかは分からない。断られるかもしれない。でも、いつか。〉と、明確に変化していることも、両作の差異性が際立ち、〈少女〉から〈女〉への変容を端的に物語る箇所であると言える。

このように、『ココナッツ』は前作からの、実乃の更なる成長物語としての側面を有しており、それが恐らくは山本の意図する本作の主軸となっていることは間違いないが、そのタイトルが示すものは『チェリーブラッサム』からの〈連続性〉にのみ留まらない。ここで、物語内容に少し目を向けてみたい。

本作は前作と同様、便利屋を営む父のもとに奇妙な依頼が舞い込むことにより物語が進行していく。その依頼とは、ある若い女性からのもので、歌手として成功している黒木洋介が地元で凱旋公演をすることになったのだが、彼に対する見知らぬ男達による殺害計画を偶然ある店で聞いてしまった彼女が、コンサート当日まで黒木のボディーガードを実乃の父にして欲しいというものであった。父・豹助は黒木の父親である熊田（黒木洋介の「黒木」は芸名であり、実際は「熊田」である）と偶然にも元々銀行の同僚であったこと、また黒木は永春の高校時代の友人であったため、話はいつしか関係者全員を巻き込みながら複雑な様相を呈していき、実乃も姉・花乃とともに、その依頼に積極的に関与するようになる。それに伴って、黒木のマネージャー・小野の粗暴な振る舞いと、黒木・熊田親子の弱みを摑んでいるような怪しげな言動が次第に浮き彫りになっていく。そして紆余曲折の果てに、豹助にボディーガードを依頼した女は、黒木の恋人である桃子だということが分かり、かつて永春は桃子に好意を抱いていたが、黒木に彼女を奪われ、彼に対して憎悪を抱いていたこと、そして桃子の言った殺害予告は実際には黒木に向けられたものではなく、熊田から小野に対して発せられたものであることなどが明らかになる。熊田は小野から、はじめ黒木の下積みの際にかかった費用を請求され、その支払いのために自らが勤務する銀行の金に手を付けてしまい、今度はその横領自体を恐喝され、八方塞がりの状態にあった。そこで、その事情を偶然知った黒木は、内面に葛藤を抱えながらも、熊田に半ば引きずられるような形で小野の殺害に加担せざるを得なくなる。こうして悲劇の予兆は徐々に高まりながら物語は進行し、ついにコンサート当日、熊田は実際に小野をナイフで刺殺しようとするが、最悪の事態は回避され、未遂に終わる。最終的には、黒木は歌手を引退し、桃子とともに二人で静かに生きていくことを決意し、加えて永春とのわだかまりも解消され、物語は静かに結末を迎えるのだが、その過程において示される登場人物の内面や事件の陰惨さは特筆に値し、登場人物の微細な心理の綾を描くことに長けた、後の直木賞作家に至る山本の作風の片鱗を本作からも窺い知ることができよう。

そして物語内容からも、『チェリーブラッサム』における〈犬の失踪〉に比べて、格段に事件自体のスケールが増していることも指摘できるが、それよりも重要なのは、永春をはじめ、黒木や熊田などが抱える心の暗部が殊更に強調されていることである。もちろん、『チェリーブラッサム』においても、その下地は既に用意されていたと言えるだろう。犬の失踪は、実乃や豹助の好意を逆手にとったハズムの母の狂言であり、あまつさえ家に火をつけ、無関係の地主を犯人扱いした上で、その性的嗜好（女装癖）を衆人の前で暴露するなどは、コミカルな描写で多少薄められてはいるものの、後の『ココナッツ』を予感させる陰惨さが散りばめられてある。

だが、『ココナッツ』の独自性は、実乃の〈救世主で、相談役で、優しい兄で、そして一番好きな男の人〉である永春の描かれ方に示されている。永春は前作では実乃にとっては絶対的な〈善〉の存在であり（それは彼が僧職に就いていることも影響しているであろう）、母の無償の愛に似た安らぎを与えてくれる人間であった。しかし本作において、永春が葛藤や憎悪を、作中の言葉を借りれば〈閉じ込められた嵐〉を内に抱えて生きている人間だということを、実乃はこの事件を通じて知ることになる。それは、あたかも〈ココナッツ〉のように、普段は固いペルソナの殻に覆われ気付くことはないが、時折ふとしたはずみで、押しとどめていたものが外に溢れ出す瞬間である。そして、敷衍すればそれぞれの〈閉じ込められた嵐〉が本作の事件そのものの引き金であり帰結でもあった。読み手は実乃の一人称で物語を読み進めているために気付きにくいが、その名が示すように、実乃は我々にだけその語りを通じて、脆く繊細な〈実〉を揺れ動く心象とともに見せているのである。『ココナッツ』というタイトルは、〈夏〉の象徴、〈続編〉、という表面的な〈殻〉のみに留まらない二重性を内包しているのである。


（明治大学大学院生）

山本文緒　主要参考文献

岡崎晃帆

雑誌特集

「山本文緒自身による山本文緒スペシャル―全作品解説／特別寄稿「年末年始帰省日記」／50の質問」（「月刊カドカワ」97・3）

「特集『アカペラ』刊行記念―〈インタビュー〉6年ぶり待望の小説集「書ける快感、嘘つく歓喜」／北上次郎「山本文緒健在なり」」（「波」08・8）

書評・解説・その他

北上次郎「解説」（『パイナップルの彼方』角川文庫、95・12）

三橋　暁「解説―万華鏡の魅力」（『ブルーもしくはブルー』角川文庫、96・5）

角田光代「解説」（『かなえられない恋のために』幻冬舎文庫、97・6）

唯川　恵「解説」（『きっと君は泣く』角川文庫、97・7）

松本侑子「解説」（『ブラック・ティー』角川文庫、97・12）

関口苑生「解説」（『あなたには帰る家がある』集英社文庫、98・1）

温水ゆかり「解説―まだヤマモトフミオを知らないあなたへ」（『眠れるラプンツェル』幻冬舎文庫、98・4）

日笠雅水「解説―涙の力」（『絶対泣かない』角川文庫、98・11）

茶木則雄「今年のエンターテインメント・ベスト3『恋愛中毒』」（「毎日新聞」98・12・23）

吉野　仁「解説」（『群青の夜の羽毛布』幻冬舎文庫、99・4）

阿刀田高・井上ひさし他「第20回吉川英治文学新人賞受賞選評」（「群像」99・4）

浜野雪江「解説―喪失という名の玉手箱」（『みんないってしまう』角川文庫、99・6）

阿刀田高・井上ひさし他「第12回山本周五郎賞候補選評」（「小説新潮」99・6）

横森理香「〈文春図書館〉『落花流水』」（「週刊文春」99・12・2）

イッセー尾形「〈週刊図書館〉『落花流水』」（「週刊朝日」99・12・17）

大野誠一「〈巻頭特集〉新ニッポンの宝『恋愛中毒』」（「Feature」00・2）

瀧　晴巳「解説」（『シュガーレス・ラヴ』集英社文庫、00・6）

長部日出雄・北原亞以子他「第13回山本周五郎賞候補選評」（「小説新潮」00・6）
藤田香織「解説」（『そして私は一人になった』幻冬舎文庫、00・8）
島崎今日子「解説―透きとおる絶望を描く時代の誘惑者」（『紙婚式』角川文庫、01・2）
田辺聖子・津本陽他「第124回直木賞受賞選評」（「オール讀物」01・2）
井家上隆幸「〈エンターテインメント小説の現在〉山本文緒の巻」（「図書館の学校」01・4）
中条省平「〈BOOK REVIEW 仮性文芸時評〉プロレタリア文学から、ルンペンプロレタリア文学へ。『プラナリア』」（「論座」01・5）
加藤純一「〈現代文学にみる「食」〉『シュガーレス・ラヴ』」（「食の科学」01・7）
島崎今日子「現代の肖像 山本文緒」（「AERA」02・3）
林真理子「解説」（『恋愛中毒』角川文庫、02・6）
イッセー尾形「解説」（『落花流水』集英社文庫、02・10）
立川談四楼「〈談四楼の書評無常〉『再婚生活』」（「新刊ニュース」07・8）
瀧　晴巳「〈こんげつのブックマーク〉『アカペラ』」（「ダ・ヴィンチ」08・9）
久田　恵「『アカペラ』読了後も気がかりなあの時の脇役」（「朝日新聞」08・9・28）
伊藤理佐「解説、のようなもの（漫画）」（『かなえられない恋のために』角川文庫、09・2）
大平　健「解説」（『再婚生活―私のうつ闘病日記』角川文庫、09・10）
瀧　晴巳「〈こんげつのブックマーク〉『カウントダウン』」（「ダ・ヴィンチ」10・12）
温水ゆかり「〈こんげつのブックマーク EX〉『なぎさ』」（「ダ・ヴィンチ」13・12）

対談

パウロ・コエーリョ「旅への誘い」（「本の旅人」97・6）
唯川　恵「恋愛小説は終わらない」（「新刊展望」98・4）
唯川　恵「恋愛小説のめくるめく未来のために」（「小説すばる」00・4）
阿川佐和子「阿川佐和子のこの人に会いたい」（「週刊文春」01・2・15）
光野　桃「女による女のためのR－18文学賞」（「波」01・9）
小倉千加子「フェミニスト界随一の芸達者が『恋愛中毒』の作家を丸裸にする！」（「小説新潮」01・11）

安野モヨコ「私たちの恋愛に理由はいらない」（「小説現代」02・8）

小倉千加子「結婚の「条件バブル」は止まらない」（「小説 TRIPPER」04・3）

唯川　恵「ふたりの女性小説家が語り合う、「恋愛以前、恋愛以後」」（「小説すばる」07・11）

角田光代・唯川恵「女性作家の頭の中―人気作家三人が真面目に語った、小説、仕事、生活のこと」（「小説新潮」09・2）

池上永一「第1回野性時代フロンティア文学賞」（「野性時代」09・3）

角田光代・川上弘美「〈特集　誰もがすなる日記〉作家が日記をつける時」（「yom yom」09・9）

島本理生「「私」と「小説」の距離」（「文芸」10・2）

枡野浩一「『もう頬づえをついてもいいですか？』文庫化記念対談」（「紡」11・4）

長嶋　有「人生に真に必要なものは何か？　迷い抗う大人たちを描く著者15年ぶりの長編小説！『なぎさ』」（「本の旅人」13・10）

インタビュー

――「不器用な人間関係を鋭く洞察する作家が描く現代の夫婦のかたち、そして濃厚な恋愛とは？『紙婚式』『恋愛中毒』」（「an·an」98・12・11）

――「迷い続ける私」（「鳩よ！」99・4）

――「フロント・インタビュー」（「Grazia」99・6）

――「現代女性を描く、いまもっとも旬の作家。『恋愛中毒』」（「東京人」99・8）

――「人生は二者択一の連続。何かを選択すれば必ず痛みが伴う『結婚願望』」（「ef」00・8）

――「働くことだけが、人生のすべてじゃない。『プラナリア』」（「an·an」00・12・8）

浜野雪江「直木賞受賞インタビュー」（「オール読物」01・3）

――「〈POSTブック・ワンダーランド　著者に訊け！〉『プラナリア』」（「週刊ポスト」01・2・23）

――「私の好きな唄」（「週刊現代」02・10・19）

――「31人の31歳を描いた短編集『ファースト・プライオリティー』」（「ダ・ヴィンチ」02・11）

――「1月号から、連載小説『24SEASONS』が始まります」（「LEE」02・12）

――「『再婚生活』実感した家族の大切さ」（「本の旅人」07・6）

――「『再婚生活』待望の新刊は、鬱からの再生とい

う自らの体験を綴った日記エッセイ。」（「an·an」07・7・11）

――「『アカペラ』自分たちなりに築いた世界の中で、静かに、でも心強く生きる家族たち。」（「an·an」08・9・10）

――「『アカペラ』静かな優しさに癒される。」（「STORY」08・10）

――「〈Interview My Reason〉山本文緒」（「papyrus」10・10）

佐久間文子「〈著者は語る〉多面的な人間の不思議さから派生する厄介で複雑なことが書きたい『なぎさ』」（「文芸春秋」13・11）

――「『なぎさ』」（「別冊文芸春秋」14・1）

（光明学園相模原高等学校講師）

山本文緒　年譜

春日川諭子・恒川茂樹

一九六二（昭和三十七）**年**

十一月十三日、神奈川県横浜市に生まれる。

一九七七（昭和五十二）**年**　**十五歳**

神奈川県立清水ヶ丘高等学校（現・神奈川県立横浜清陵総合高等学校）入学。在学中は、フォークソング部に所属。

一九八〇（昭和五十五）**年**　**十八歳**

神奈川大学経済学部経済学科入学。在学中は、落語研究会に所属。

一九八七（昭和六十二）**年**　**二十五歳**

八月、財団法人に勤務するかたわら、「プレミアム・プールの日々」でコバルト・ノベル大賞佳作を受賞し執筆活動に入る。この年に結婚。

一九八八（昭和六十三）**年**　**二十六歳**

五月、『きらきら星をあげよう』（集英社コバルト文庫）刊行。八月、『野菜スープに愛をこめて』（同）刊行。十一月、『まぶしくて見えない』（同）刊行。

一九八九（平成元）**年**　**二十七歳**

二月、『おまえがパラダイス』（集英社コバルト文庫）刊行。四月、『ぼくのパジャマでおやすみ』（同）刊行。七月、『黒板にハートのらくがき』（同）刊行。十月、『踊り場でハートのおしゃべり』（同）刊行。

一九九〇（平成二）**年**　**二十八歳**

一月、『ドリームラッシュにつれてって』（集英社コバルト文庫）刊行。四月、『校庭でハートのよりみち』（同）刊行。七月、『おひさまのブランケット』（同）刊行。十月、『青空にハートのおねがい』（同）刊行。

一九九一（平成三）**年**　**二十九歳**

一月、『シェイクダンスを踊れ』（集英社コバルト文庫）刊行。四月、『ラブリーをつかまえろ』（同）刊行。八月、『アイドルをねらえ！』（同）、『新まい先生は学園のアイドル』（ポプラ社）を刊行。

一九九二（平成四）**年**　**三十歳**

少女小説から一般文芸に移行。一月、『パイナップルの彼方』（宙出版）刊行。九月、『ブルーもしくはブルー』（宙出版）刊行、ドラマ「パイナップルの彼方へ」（原作『パイナップルの彼方』）がフジテレビ系列で放映。

一九九三（平成五）**年**　**三十一歳**

七月、『きっと、君は泣く』（光文社）刊行。十一月、

『かなえられない恋のために』（大和書房）刊行。この年に離婚。

一九九四（平成六）**年**　**三十二歳**

一月、「日記をつける奴」（「宝石」）発表。八月、『あなたには帰る家がある』（集英社）刊行。九月、「お砂糖入りの麦茶」（「波」）発表。

一九九五（平成七）**年**　**三十三歳**

二月、『眠れるラプンツェル』（福武書店）刊行。三月、『ブラック・ティー』（角川書店。収録作品「ブラック・ティー」「百年の恋」「寿」「ママ・ドント・クライ」「少女趣味」「誘拐犯」「夏風邪」「ニワトリ」「留守番電話」「水商売」）刊行、「冷めた夫婦の夜 横顔」（「小説新潮」）発表。五月、『絶対泣かない』（大和書房。収録作品「花のような人」「ものすごく見栄っぱり」「今年はじめての半袖」「愛でしょ、愛」「話を聞かせて」「愛の奇跡」「アフターファイブ」「天使をなめるな」「女神の職業」「気持ちを計る」「真面目であればあるほど」「もういちど夢を見よう」「絶対、泣かない」「卒業式まで」「女に生まれてきたからには」）刊行。八月、「ああ、恥ずかし」（「小説新潮」）発表。十一月、『群青の夜の羽毛布』（幻冬舎）刊行。十二月、『パイナップルの彼方』（角川文庫）刊行。

一九九六（平成八）**年**　**三十四歳**

五月、『ブルーもしくはブルー』（角川文庫）刊行。

一九九七（平成九）**年**　**三十五歳**

一月、『みんないってしまう』（角川書店。収録作品「裸にネルのシャツ」「表面張力」「いつも心に裁ちバサミ」「不完全自殺マニュアル」「愛はお財布の中」「ドーナッツ・リング」「45ライフ」（文庫時改題「ハムスター」）「みんないってしまう」「イバラ咲くおしゃれ道」「まくらともだち」「片恋症候群」「泣かずに眠れ」）刊行。三月、「全作品解説」「年末年始帰省日記」（いずれも「月刊カドカワ」）発表。五月、『シュガーレス・ラヴ』（集英社。収録作品「彼女の冷蔵庫」「ご清潔な不倫」「鑑賞用美人」「いるか療法」「ねむらぬテレフォン」「月も見ていない」「夏の空色」「秤の上の小さな子供」「過剰愛情失調症」「シュガーレス・ラヴ」）、『そして私は一人になった』（KKベストセラーズ）刊行。六月、『かなえられない恋のために』（幻冬舎文庫）刊行。七月、『きっと君は泣く』（『きっと、君は泣く』改題、角川文庫）刊行。九月、「忘れ得ぬ旅」（「オール讀物」）発表。十二月、『ブラック・ティー』（角川文庫）刊行。

一九九八（平成十）**年**　**三十六歳**

一月、『あなたには帰る家がある』（集英社文庫）刊行。『Love songs』（幻冬舎）に「これが私の生きる道」を収録。四月、『眠れるラプンツェル』（幻冬舎文庫）刊行。

十月、『紙婚式』（徳間書店。収録作品「土下座」「子宝」「おしどり」「貞淑」「ますお」「バツイチ」「秋茄子」「紙婚式」）刊行。十一月、『絶対泣かない』（角川文庫）、『恋愛中毒』（角川書店）刊行。

一九九九（平成十一）**年　三十七歳**

三月、『きらきら星をあげよう』（集英社文庫）刊行。四月、『恋愛中毒』で第二十回吉川英治文学新人賞受賞。四月、『群青の夜の羽毛布』『Love songs』（いずれも幻冬舎文庫）刊行。五月、「恋愛中毒」が第十二回山本周五郎賞候補作となる。『ぼくのパジャマでおやすみ』（集英社文庫）刊行。六月、『みんないってしまう』（角川文庫）刊行。七月、『おひさまのブランケット』（集英社文庫）刊行。九月、「私が小説を書き始めた頃」（「小説 tripper」）発表。十月、『落花流水』（集英社）刊行。十一月、「絵画の裏側」（「波」）発表。

二〇〇〇（平成十二）**年　三十八歳**

一月、ドラマ「恋愛中毒」がテレビ朝日系列で放映。四月、『チェリーブラッサム』（『ラブリーをつかまえろ』加筆修正、角川文庫）刊行。五月、『落花流水』が第十三回山本周五郎賞候補作となる。『結婚願望』（三笠書房）刊行、『現代の小説２０００』（徳間書店）に「また夢をゆく」（『落花流水』第六章）を収録。六月、『シュガーレス・ラヴ』（集英社文庫）刊行。七月、『ココナッツ』（『アイドルをねらえ！』加筆修正、角川文庫）刊行。八月、『そして私は一人になった』（幻冬舎文庫）刊行。十月、『プラナリア』（文芸春秋。収録作品「プラナリア」「ネイキッド」「どこかではないここ」「囚われ人のジレンマ」「あいあるあした」）刊行。

二〇〇一（平成十三）**年　三十八歳**

一月、「スローライフに還る一泊一人旅」（「ＡＥＲＡ」）発表。『プラナリア』で第一二四回直木賞受賞。二月、『紙婚式』（角川文庫）刊行。三月、コミック版『絶対泣かない』（画・くさか里樹他、小学館）刊行。五月、『野菜スープに愛をこめて』（集英社文庫）刊行。七月、『まぶしくて見えない』（集英社文庫）、『プラナリア』の韓国語訳（チャンへ）刊行。九月、コミック版『ブラック・ティー』（画・寄田みゆき、講談社）刊行。十月、『恋愛中毒』の簡体字訳（上海訳文出版社）刊行。

二〇〇二（平成十四）**年　三十九歳**

五月、『恋愛中毒』の韓国語訳（チャンへ）刊行。六月、『恋愛中毒』（角川文庫）刊行。九月、『ファースト・プライオリティー』（幻冬舎。収録作品「偏屈」「車」「夫婦」「処女」「嗜好品」「社畜」「うさぎ男」「ゲーム」「息子」「薬」「旅」「バンド」「庭」「冒険」「初恋」「燗」「ジンクス」「禁欲」「空」「ボランティア」「チャンネル権」「手紙」「安心」「更年期」「カラオケ」「お城」「当事者」「ホスト」「銭湯」「三十一歳」「小説」）刊行。『短編復活』（集英社文庫）に「いるか療法」を収録。十月、『落花流水』（集英社文庫）刊行。コミック版『シュガーレス・ラヴ』（画・ポリアンナ哉七、秋田書店）刊行、映画「群青の夜の羽毛布」（磯村一路監督）公開。この年に雑誌編集長と再婚。

二〇〇三（平成十五）年　四十歳

一月、コミック版『みんないってしまう』（画・海埜ゆうこ、祥伝社）刊行。二月、うつ病を発症する。三月、アニメ「どこかではないここ」がNHK-BSプレミアムで放映。六月、ドラマ「ブルーもしくはブルー」がHNK総合で放映。九月、『プラナリア』の繁体字訳（新雨出版社）刊行。十月、コミック版『紙婚式』（画・海埜ゆうこ、祥伝社）刊行。十一月、『結婚願望』（角川文庫）刊行。十二月、『パイナップルの彼方』の簡体字訳（上海訳文出版社）刊行、ドラマ「あなたには帰る家がある」がBSフジで放映。

二〇〇四（平成十六）年　四十一歳

四月、『日々是作文』（文芸春秋）刊行。十月、『ブルーもしくはブルー』の韓国語訳（ベテルスマンコリア）刊行。十一月、『恋愛中毒』の繁体字訳（商周出版）刊行。

二〇〇五（平成十七）年　四十二歳

五月、『ブルーもしくはブルー』の繁体字訳（商周出版）刊行。六月、『鉄路に咲く物語』（光文社文庫）に「ブラック・ティー」を収録。五月、『恋の魔法をかけられたら』（ハルキ文庫）に「恋愛小説のめくるめく未来のために」を収録。六月、『ファースト・プライオリティー』（角川文庫）、『きっと君は泣く』の簡体字訳（上海訳文出版社）刊行。八月、『妹たちへ』（日本経済新聞出版社）に「心の体力」は、地道に時間をかけて作りあげていくしかない」を収録。九月、『プラナリア』（文春文庫）刊行。十二月、『きっと君は泣く』の繁体字訳（台湾国際角川書店）刊行。

二〇〇六（平成十八）年　四十三歳

三月、うつ病から快復する。『ブルーもしくはブルー』の簡体字訳（南海出版社）刊行。五月、『群青の夜の羽毛布』（文春文庫）刊行。六月、『眠れるラプンツェル』（角川文庫）刊行、「素敵なブラ」（「オール讀物」）発表。九月、『落花流水』の繁体字訳（麦田出版）刊行。十月、『シュガーレス・ラヴ』の繁体字訳（麦田出版）刊行。十一月、『ファースト・プライオリティー』『絶対泣かない』の韓国語訳（いずれもチャンヘ）刊行。

十二月、『ブラック・ティー』の繁体字訳（台湾国際角川書店）刊行。

二〇〇七（平成十九）年　四十四歳

一月、『眠れるラプンツェル』の繁体字訳（麦田出版）刊行。三月、『まぶしくて見えない』の繁体字訳（麦田出版）刊行。四月、『日々是作文』（文春文庫）刊行。五月、『再婚生活』（角川書店）刊行、「大人買いのよろこび」（「小説すばる」）発表。七月、『あなたには帰る家がある』の繁体字訳（麦田出版）刊行。八月、『眠れるラプンツェル』の韓国語訳（チャンへ）刊行。十月、『シュガーレス・ラヴ』の韓国語訳（チャンへ）刊行。

二〇〇八（平成二十）年　四十五歳

一月、『落花流水』の韓国語訳（チャンへ）刊行。二月、『そして私は一人になった』（角川文庫）刊行。三月、『きっと君は泣く』の韓国語訳（ファングムカンジ）刊行。五月、『あなたには帰る家がある』の韓国語訳（チャンへ）刊行。七月、『アカペラ』（新潮社。収録作品「アカペラ」「ソリチュード」「ネロリ」）、『パイナップルの彼方』の繁体字訳（台湾国際角川書店）刊行。九月、「十歳までに読んだ本」（「asta」）発表。十一月、「アンインストール」（「銀座百点」）、「ばにらさま」（「別冊文芸春秋」）発表。『きっと君は泣く』の繁体字訳（台湾国際角川書店）刊行。

二〇〇九（平成二十一）年　四十六歳

一月、『かなえられない恋のために』（角川文庫）、『紙婚式』『みんないってしまう』の繁体字訳（いずれも台湾国際角川書店）、『ファースト・プライオリティー』の繁体字訳（麦田出版）刊行。三月、『チェリーブラッサム』（絵・ミギー、角川つばさ文庫）、『ブラック・ティー』の韓国語訳（チャンへ）刊行。「あの日にタイムスリップ1993年6月7日」（「小説すばる」）発表。五月、『紙婚式』の韓国語訳（チャンへ）刊行。七月、「寝ても覚めても」（「猫びより」）発表。十月、『再婚生活』（角川文庫）、『ココナッツ』の繁体字訳（台湾国際角川書店）刊行。十一月、『チェリーブラッサム』の繁体字訳（台湾国際角川書店）刊行。

二〇一〇（平成二十二）年　四十七歳

三月、『アカペラ』の韓国語訳（チャンへ）刊行。『きみが見つける物語　十代のための新名作　オトナの話編』に「話を聞かせて」を収録。八月、『ひとり上手な結婚』（伊藤理佐との共著、講談社）刊行。十月『カウントダウン』（『シェイクダンスを踊れ』加筆修正、光文社）刊行。十二月、初の長編連載小説「なぎさ」（「野性時代」）連載開始。「菓子苑」（「小説新潮」）発表。

二〇一一（平成二十三）年　四十八歳

三月、『不恰好な朝の馬』（井上荒野、講談社文庫）に「解説」を収録。七月、「女による女のためのR-18文学賞」の過去受賞者を中心とした東日本大震災復興支援・チャリティ同人誌のプロジェクトに参加し、電子書籍『文芸あねもね』を販売。同書に「子供おばさん」を発表。八月、『アカペラ』（新潮文庫）、『ファースト・プライオリティー』の簡体字訳（南海出版社）刊行。

二〇一二（平成二十四）年　四十九歳

三月、『文芸あねもね』（新潮文庫）に「子供おばさん」を収録。三月、『作家の放課後』（新潮文庫）に「一週間で痩せなきゃ日記」を収録。七月、『プラナリア』の簡体字訳（南海出版社）刊行。

二〇一三（平成二十五）年　五十歳

六月、『あなたには帰る家がある』（角川文庫）刊行。十月、『なぎさ』（KADOKAWA）刊行。十二月、『書斎の宇宙』（ちくま文庫）に「日々是送受信」を収録。

二〇一四（平成二十六）年　五十一歳

一月、『群青の夜の羽毛布』（角川文庫）刊行。二月、『ひとり上手な結婚』（講談社文庫）刊行。四月、『直木賞受賞エッセイ集成』（文芸春秋）に「愛憎のイナズマ」を収録。五月、『あの街で二人は』（新潮文庫）に「バヨリン心中」を収録。

（春日川諭子・現代文学研究者）

（恒川茂樹・書店員）

現代女性作家読本 ⑲
山本文緒
発　行――二〇一五年一月三〇日
編　者――現代女性作家読本刊行会
発行者――加曽利達孝
発行所――鼎　書　房　http://www.kanae-shobo.com
〒132-0031　東京都江戸川区松島二-一七-二
TEL・FAX　〇三-三六五四-一〇六四
印刷所――イイジマ・互恵
製本所――エイワ
表紙装幀――しまうまデザイン
ISBN978-4-907282-19-6　C0095